LE PORTRAIT
DE LA REINE

Emmanuel Kattan

LE PORTRAIT
DE LA REINE

roman

Boréal

© Les Éditions du Boréal 2013
Dépôt légal : 3ᵉ trimestre 2013
Bibliothèque et Archives nationales du Québec

Diffusion au Canada : Dimedia
Diffusion et distribution en Europe : Volumen

*Catalogage avant publication de Bibliothèque et Archives nationales du Québec
et Bibliothèque et Archives Canada*

Kattan, Emmanuel, 1968-

    Le portrait de la reine

        ISBN 978-2-7646-2276-6

        I. Titre.

PS8621.A68P67   2013   C843'.6   C2013-941543-2
PS9621.A68P67   2013

ISBN PAPIER 978-2-7646-2276-6

ISBN PDF 978-2-7646-3276-5

ISBN ePUB 978-2-7646-4276-4

There are two ways of making life bearable: treat your dreams as if nothing else existed; treat existence as if it were ruled by your dreams. The people we love are creatures of our mind.

VANUDRINE SINHA

1

Rick Boisvert a ses habitudes. Tous les matins, à 7 h 30, il se livre à une gymnastique vigoureuse (50 redressements partiels croisés, 75 demi-redressements assis et 45 flexions avec haltères, ce qui, pour un homme de soixante ans, n'est pas trop mal). Une fois sorti de chez lui, il marche jusqu'au pont de Brooklyn, se procure le *New York Post* chez le marchand du coin, adresse un clin d'œil à la vendeuse qui le regarde avec son indifférence de chat repu. Il prend ensuite le métro, destination 86ᵉ Rue. Au coin de l'avenue Lexington, il achète deux bananes qu'il mangera à l'heure du déjeuner. Quelques minutes plus tard, il arrive au Goodwill Store, sur la 2ᵉ Avenue, où il rejoint ses collègues pour s'attaquer au tri des vêtements d'occasion reçus la veille.

Travailleur et patient, il ne se plaint jamais d'avoir mal au dos ni de mourir d'ennui. De temps à autre, cependant, il s'interrompt, une robe du soir entre les mains, le regard perdu au loin. Ces haltes, lorsqu'elles s'éternisent, inspirent parfois à sa collègue un soupir : « Nous y voilà encore, notre ami québécois s'est égaré dans son passé. » Le soir, Rick Boisvert dîne seul, un livre à la main, son chat sur les genoux. Dès vingt-deux heures, il est couché et le sommeil ne tarde jamais à venir. Certains diront qu'une routine aussi rigoureuse et monotone ne peut avoir été mise au point que par un esprit ayant connu les abîmes de l'égarement et terrifié de s'y voir de nouveau plongé. Quoi qu'il en soit, voilà près de quinze ans que Rick ne déroge pas à ses habitudes.

La fin de semaine, après une promenade d'une heure et demie qui le mène de Union Square à Dag Hammarskjold Plaza, en passant par Bryant Park, Rick prend son petit-déjeuner au Nations Diner, sur la 1ʳᵉ Avenue. Tout en lisant son journal, il enfourne distraitement une saucisse et deux œufs au plat. Parfois, il abandonne sa lecture et se laisse aller à contempler les passants affairés, aussi déterminés, aveugles et inébranlables que des torpilles fonçant sur leur cible. Il lâche prise et permet peu à peu à son esprit de se détacher du moment. Ce sont les souvenirs qui font alors surface, trépidants, péremptoires et chahuteurs, comme une bande d'enfants entraînant un nouveau venu pour lui montrer leurs jouets. Un article sur le nucléaire iranien lui rappelle la révolution de 1979, l'année de ses premiers succès dans les galeries new-yorkaises. Les nouvelles sur les manifestants de Wall Street le ramènent au printemps 68 et à son éveil d'étudiant à Montréal. Les dernières rumeurs concernant le prince William et son épouse – est-elle enceinte? Si oui, sera-ce un garçon? Si non, qu'attendent-ils donc? – le replongent dans l'atmosphère de conte de fées qui avait entouré le mariage de Charles et Diana.

Il est vrai qu'en dépit (ou en raison?) de sa vie rangée Rick est sujet à des « sursauts d'imagination », selon l'expression de sa voisine de palier, Mme Menendez. Interrogée sur la question, elle vous dira, par exemple, que chaque année, le 6 août, Rick a l'habitude de porter un veston orange. « Il a appartenu à Andy Warhol, lui aurait-il confié un jour. Je le porte le jour de son anniversaire, en souvenir de lui. » Tout en vous faisant promettre de garder le secret, Mme Menendez vous racontera aussi que Rick possède un chat nommé Mermoz. « Il est convaincu, chuchotera-t-elle, la main sur votre bras, que cet animal porte en lui l'âme de l'aviateur français, qu'il en est la réincarnation, ni plus ni moins. » Rick l'aurait recueilli un soir d'été, à l'angle de Horatio Street et Greenwich, dans le Meatpacking District, alors que l'animal venait de sauter de la fenêtre du troisième étage. Rick n'en était pas certain, mais il croyait avoir vu un jeune homme pousser la bête à l'aide d'un manche à balai. Peut-être cherchait-il à se venger de sa petite amie? Ou bien était-il tout simplement saoul? En tout cas, le chat – un tigré au museau blanc – avait atterri sur ses pattes, à quelques mètres de Rick. Miraculeusement, il en était sorti indemne. Rick l'avait pris dans ses bras et l'avait ramené chez lui. Est-ce le vol plané de la bête ou son regard apparemment lourd de savoir et de passé, toujours est-il que Rick s'est peu à peu convaincu que le chat qu'il avait en face de lui n'était autre que Mermoz lui-même. L'été, soutient Mme Menendez, lorsque les fenêtres sont ouvertes, elle l'entend converser avec le chat, tard dans la nuit. Il lui pose des questions sur ses aventures dans le Sahara, ses démêlés avec les Touaregs, sa traversée périlleuse des Andes. La voix de Rick est si passionnée que dans les silences qui entrecoupent ses paroles, il semble à la voisine que le chat, intérieurement, lui répond vraiment, comme si sur le flot de son regard refaisaient surface les secrets, les amitiés et les rêves de l'aviateur disparu.

Ces comportements étranges incitent ses voisins et ses collègues à garder leurs distances. Mais ils n'effraient personne. Après tout, Rick Boisvert n'est pas le seul New-Yorkais à parler tout seul ou à s'abandonner à la dérive des souvenirs.

2

Un samedi matin d'automne, Rick est assis à sa table habituelle au Nations Diner de la 1re Avenue. Il vient de lever le nez de son journal lorsqu'il remarque, à l'angle de la 49e Rue, une petite dame vêtue d'un élégant imperméable jaune canari. Rick aperçoit brièvement son visage : nez fort, bouche plutôt généreuse pour une femme de son âge, regard alerte et pétillant. Rick l'observe qui s'éloigne vers la 2e Avenue, son sac à main, jaune également, oscillant comme un pendule sur son bras. Je dois avoir la berlue… Non, ce n'est pas possible, voyons, que ferait-elle ici ? Et si ?… Non, c'est absurde… Figé devant son assiette, Rick se frotte le menton, indifférent au va-et-vient des serveurs et au brouhaha qui l'entoure. À contrecœur, il tente de refouler l'idée qui vient d'émerger dans son esprit : non, vraiment, comment serait-ce possible ? Elle lui ressemble, sans doute, mais ça ne peut pas être elle… non, non… c'est impossible…

Pourtant, Rick veut en avoir le cœur net. D'un bond, il se lève, règle l'addition et se précipite dans la rue. L'air froid lui raidit le visage, mais ne l'arrache pas à ses pensées. Pour être fixé, un seul moyen : la regarder bien en face. Il se met alors à courir vers la 48e Rue, tourne le coin et, parvenu à la 2ᵉ Avenue, prend de nouveau à droite. Avec un peu de chance, il la rencontrera lorsqu'elle débouchera sur l'avenue. En effet, juste au moment où il ralentit pour reprendre son souffle, Rick aperçoit la dame en jaune qui s'apprête à traverser. Petite de taille, elle a l'aisance altière, la noblesse, le regard hiératique des êtres de grande stature. Une plume unique, jetant des reflets d'émeraude au soleil, émerge délicatement de son chapeau de feutre, comme si elle venait d'y atterrir par hasard, abandonnée en vol par un oiseau exotique. Rick vient tout juste de le constater : elle tient en laisse un chien, une de ces bêtes courtes sur pattes et aux oreilles de renard. Son visage, légèrement poudré, est celui qu'il attendait : un nez fort aux ailes finement ciselées, des lèvres pleines, bien que pâlies par l'âge, un regard vif et inquisiteur, du haut duquel elle contemple les passants comme s'ils faisaient partie, eux aussi, de la masse immense de ses sujets.

Rick n'hésite pas un instant. D'un pas assuré, il se dirige vers la dame, se plante devant elle et, la main droite sur sa poitrine, s'incline profondément. La femme le regarde, ahurie. Elle s'apprête à le contourner pour traverser la rue, mais Rick, imperturbable, vient se placer sur son chemin et s'incline encore. Cette fois, la dame réagit : « Mais laissez-moi passer, espèce d'abruti ! » Et, plus rapide que lui, profitant de ce qu'il est encore absorbé dans sa révérence, elle s'esquive et traverse la rue d'un petit pas pressé. Il est sur le point de la suivre, mais le flot de voitures s'est engouffré dans l'avenue et Rick, les bras ballants, la regarde s'éloigner.

Aussitôt que le feu tourne au vert, il se relance à sa poursuite. Elle s'est arrêtée devant la vitrine d'un marchand de chaussures. Parfait, c'est maintenant ou jamais. Rick fait quelques pas vers elle – doucement, il ne faut surtout pas la brusquer –, puis s'incline et s'adresse à elle d'un air grave et solennel : « Majesté, je regrette de vous importuner… » La dame en jaune se retourne aussitôt. « Encore vous ! Mais qu'est-ce que vous me voulez, à la fin ? » Rick, déconcerté, balbutie : « Je regrette… Majesté… Je voulais seulement… Pardonnez mon impudence… » La petite dame perd patience et d'une voix ferme, imprégnée de l'accent traînant de Brooklyn, déclare : « Écoutez, je ne sais pas qui vous êtes ni ce que vous me voulez. Mais si vous ne me laissez pas tranquille, j'appelle la police ! » Et, comme s'il avait compris les paroles de sa maîtresse, le corgi se met à aboyer, tirant sur sa laisse, la tête dressée vers Rick d'un air menaçant. Affolé, Rick se confond en excuses : « Je vous demande pardon, Majesté, je ne vous importunerai plus… » Et, pour ne pas s'attirer d'ennuis, d'un geste d'apaisement, il lève les mains à la hauteur de sa poitrine, s'incline encore et se retire à reculons. La dame tourne les talons et s'éloigne, la tête haute, suivie de son chien qui lance vers Rick des regards furieux.

3

De retour chez lui, Rick se perd en conjectures. Pourquoi l'a-t-elle traité avec autant de mépris ? Ces paroles insultantes, ce regard hautain sont-ils dignes d'une personne de son rang ? Ne devrait-on pas s'attendre à plus de magnanimité de la part du monarque britannique ? Car, Rick n'en a aucun doute, aussi invraisemblable, aussi extraordinaire que cela puisse paraître, la petite dame en jaune qu'il a vue se promener dans les rues de Manhattan n'est autre que la reine elle-même, Élisabeth II.

Il l'a bien observée : le front étroit, les yeux brillants, un peu rapprochés, les pommettes encore saillantes ; il ne peut s'agir que d'elle. Devant l'écran de son vieil ordinateur, il écume les images. La reine en tournée en Australie, en visite officielle au Canada, dans son carrosse devant les grilles de Buckingham Palace : la dame de la 2e Avenue a les mêmes traits, la même allure, la même assurance légèrement inquiète. Les photos défilent : la reine en vert, l'été, entourée de ses corgis, à Balmoral ; la reine en rose, le rose pimpant de sa peau poudrée, remettant les distinctions de l'Empire ; la reine en bourgogne, le visage sévère, prononçant son discours annuel à Westminster ; la reine en jaune – jaune, la robe de satin aux reflets de givre, jaune, le chapeau de feutre années folles, jaune, le sac à main au contenu mystérieux, jaunes, les gants de soie : comment Rick pourrait-il faire erreur ? C'est elle, aucun doute possible, c'est bien elle.

Bien sûr, que la reine se promène ainsi, seule, le jour, en plein centre de Manhattan, cela paraît à peine croyable. Encore, si elle avait une escorte, des gardes du corps. Mais la dame en jaune ne semblait pas accompagnée. Elle n'avait, pour se défendre, que sa voix glacée et ce petit chien aux oreilles de renard. Ce dernier aboyait très fort, certes, mais il ne ferait pas le poids face à une bande de kidnappeurs ou de paparazzis enragés. Et l'accent ? Cette voix rauque de Brooklyn, grésillant comme le chant mourant d'une cigale, ces intonations, amples et soyeuses, ces voyelles, étirées à l'infini, comme les ombres élastiques des après-midi d'été, comment les réconcilier avec le ton impérieux et sec qui convient au souverain d'une grande nation ?

Mais Rick a déjà entendu dire que la reine Élisabeth se promène parfois incognito dans les villes de son royaume. Pour protéger son secret, personne dans son entourage ne s'est jamais aventuré à confirmer cette pratique, mais la rumeur a couru, à une époque, que la reine était apparue, savamment déguisée, dans les rues de Cambridge et de Nottingham. Au dire de certains, on l'aurait même aperçue, en septembre 1998, en train de prendre le thé chez Richoux, dans le quartier de St. John's Wood, à Londres. Bien entendu, une petite escapade dans une ville d'Angleterre est une chose, une promenade à Manhattan en est une autre. Et si elle était reconnue? Et si elle se trouvait soudain entourée d'une horde de journalistes et de photographes? D'autant plus que la dame rencontrée par Rick tout à l'heure ne semblait pas particulièrement soucieuse de se fondre dans la foule.

Mais à bien y penser, peut-être est-ce là, justement, le coup de génie : en ne transformant pas son apparence, en se montrant telle qu'elle est, toute vêtue de jaune ou de vert, sac à main, gants, chapeau et chaussures assortis, ne se met-elle pas à l'abri de tout soupçon? Quel meilleur moyen de déjouer les regards inquisiteurs que de leur montrer ce qu'ils n'imagineraient pas un instant trouver au cœur de cette ville de béton et de verre : la reine elle-même, dans toute sa simplicité, dans toute sa splendeur. Qui pourrait être assez fou pour croire que le monarque britannique, régnant depuis près d'un demi-siècle sur seize pays – et pas des moindres! –, puisse être surpris faisant ses emplettes sur la 2e Avenue à Manhattan, un samedi matin de novembre? Décidément, se dit Rick, la reine est vraiment très forte. Elle a compris que la meilleure cachette, c'est la foule, et que le déguisement le plus efficace, c'est l'absence de tout déguisement.

Quant à sa voix, l'explication est simple : se sentant piégée, elle est passée à l'attaque, et pour dissiper ses doutes, elle s'est adressée à lui en adoptant l'accent qui lui était le plus étranger, celui d'une vieille marâtre de Brooklyn. Quelle arme plus efficace, en effet, que cette voix molle, ronde et sinueuse, alors qu'on attend d'une dame de sa stature le ton sec, la prononciation altière et majestueuse d'une artiste de la langue ?

La satisfaction d'avoir percé un secret aussi considérable baigne son visage d'un éclat bienheureux. Seul entre tous ses concitoyens, Rick a pénétré dans le cercle des initiés, il sait ce que nul autre, pas même le maire de New York ou le président des États-Unis peut-être, ne soupçonne. Mais bientôt, son expression s'assombrit de nouveau. L'inquiétude le reprend. Rick se rappelle le regard offensé de la reine, sa voix méprisante qui n'était pas sans lui rappeler l'expression hautaine et offusquée de Mme Muñoz, son professeur d'espagnol de sixième année, lorsqu'il oubliait de la vouvoyer. Comment a-t-il pu agir ainsi ? Quelle inconscience ! Quelle insolence ! Quel égoïsme aussi ! Non seulement il s'est comporté comme un goujat, mais pire, son effronterie a mis la reine en danger. Un passant un peu curieux qui aurait entendu leur conversation aurait pu comprendre, à la manière dont Rick s'adressait à elle, qu'elle était une personne importante. Il se serait approché, l'aurait examinée de pied en cap, aurait hésité un peu, incrédule, puis, étant presque certain qu'il s'agissait bien de la reine, aurait peut-être eu la malencontreuse idée d'alerter la presse. Qui sait alors ce qui aurait pu arriver ?

Non, Rick s'y est très mal pris, c'est évident. Une situation comme celle-là demande du tact, de la prudence et de la perspicacité. Comme d'habitude, se dit-il, tu t'es jeté la tête la première, sans réfléchir, et maintenant tu risques d'en payer le prix.

Rick se ressaisit. Il doit réparer sa faute. Il faut, coûte que coûte, la rassurer, lui expliquer qu'elle n'a rien à craindre de lui, qu'il ne divulguera jamais son secret. Il suffit de lui parler, elle comprendra bien qu'il n'est pas homme à faire du chantage ou à s'enrichir aux dépens des autres.

Oui, c'est exactement ce qu'il doit faire. Mais comment s'y prendre ? D'abord, il faut la retrouver. En admettant qu'elle suive la même routine tous les samedis matin et qu'il la revoie, tournant le coin de la 49e Rue, comment faire pour lui parler ? S'il tente de nouveau de l'aborder, elle prendra sans doute la fuite. Non, il faut trouver autre chose. Et s'il se déguisait ? Il pourrait emprunter une chemise blanche, un costume élégant, un chapeau melon et des chaussures vernies au Goodwill Store où il travaille. En voyant ce monsieur distingué, tiré à quatre épingles, s'approcher d'elle, la reine sera plus disposée à l'écouter. Il lui expliquera qu'il est un ami de l'homme qui lui a tenu des propos étranges la semaine précédente. L'homme en question, la rassurera-t-il, n'a aucune intention de dévoiler à qui que ce soit ce qu'il a appris. Sa Majesté peut dormir sur ses deux oreilles, ses promenades à Manhattan demeureront un secret bien gardé. La reine, rassérénée, remerciera alors le gentleman et Rick aura la conscience tranquille… Mais non, voyons ! Rick, réfléchis : si la reine se voit abordée par un autre individu, elle pensera aussitôt que son secret a été trahi. Elle croira à une conspiration. Qui sait alors comment elle réagira ? Prise de panique, elle fera peut-être intervenir MI6 et Rick recevra, au milieu de la nuit, la visite impromptue de deux agents au service de Sa Majesté qui le forceront à les suivre et lui feront subir un interrogatoire vigoureux.

Que faire ? Lui écrire une lettre, peut-être ? Mais oui, bien sûr ! Une lettre dans laquelle il mettra cartes sur table et lui jurera solennellement que, pour rien au monde, il ne révélera ce qu'il sait. Elle lira la lettre, poussera un soupir de soulagement et lui accordera, avant de s'éclipser, un sourire reconnaissant. Il ne la reverra plus jamais, mais au moins, il n'aura pas à porter le douloureux remords de l'avoir offensée.

Écrire à la reine n'est pas une mince affaire. Plusieurs fois sur le métier, Rick remet son ouvrage. D'abord, il hésite sur le titre. « Votre Majesté », bien sûr, semble s'imposer, mais une formule plus respectueuse de son anonymat, telle « Chère Madame », ne serait-elle pas plus appropriée ? Une fois cet obstacle surmonté, il faut songer à la première phrase. C'est sur elle que tout repose : la reine poursuivra-t-elle la lecture ou déchirera-t-elle la lettre avec mépris ? « Chère Madame, Votre dévoué serviteur, Rick Boisvert, s'en remet à votre magnanimité… » Non, c'est alambiqué. « Chère Madame, Je me présente : Rick Boisvert, né à Sainte-Foy, Québec, résidant à New York depuis plus de quarante ans, peintre… » Non, ça ressemble à une biographie *Wikipédia*. « Chère Madame, Ce que je sais – et que vous savez que je sais – ne sera jamais su… » Trop elliptique. Faisons simple. Voyons voir…

Finalement, vers trois heures du matin, Rick réussit à accoucher d'une lettre d'une demi-page dans une langue qui lui paraît à la fois simple, directe et respectueuse. Il s'empresse de sceller l'enveloppe et s'endort paisiblement, certain que ce geste courageux le disculpera entièrement aux yeux de la reine.

4

Toute la semaine, Rick l'a passée à échafauder son stratagème. Comme le samedi précédent, il l'aborderait au coin de la 2ᵉ Avenue et de la 49ᵉ Rue. Seulement, cette fois, pour éviter toute équivoque, il parlerait à peine. Il se contenterait de dire : « Majesté, j'ai une lettre pour vous. » Puis, il lui tendrait l'enveloppe et disparaîtrait aussitôt.

Le voilà maintenant assis à sa place habituelle, près de la fenêtre, au Nations Diner de la 1ʳᵉ Avenue. Il surveille les allées et venues des passants et, toutes les deux minutes, jette un coup d'œil nerveux à sa montre. Soudain, une pensée cruelle traverse son esprit valeureux : et si elle ne venait pas ? Et si, la semaine dernière, la reine n'était passée devant le Nations Diner que par hasard ? Jusqu'à présent, c'est à peine si cette éventualité a effleuré sa pensée (car, comme beaucoup de personnes qui assujettissent leur vie à une routine rigoureuse, Rick s'imagine difficilement que l'on puisse vivre autrement).

Dix heures passées. La reine n'est toujours pas là. Trépignant d'impatience, Rick se lève, règle l'addition et se prépare à parcourir les rues du quartier à sa recherche lorsqu'il aperçoit, traversant la 1re Avenue d'un pas alerte, une petite femme, toute vêtue de bleu, tenant en laisse un corgi. Rick se précipite dans la rue et se met à la suivre, à vingt mètres de distance. Arrivé au coin, Rick s'approche du monarque et, tout en lui tendant timidement son enveloppe, penche la tête vers le sol et murmure, d'une voix à peine audible : « Ten… Tenez… C'est… C'est pour vous. » La dame regarde Rick un long moment, bouche bée. Puis, comme un automate qui se met brusquement en branle, elle recule de quelques pas, serre son sac à main contre sa poitrine et déclare : « Encore vous ! Mais vous allez arrêter de me suivre, à la fin ! » Et, tout en ouvrant son sac à la recherche de son téléphone cellulaire, elle poursuit d'une voix aiguë : « Je vous préviens, si vous ne déguerpissez pas immédiatement, j'appelle la police ! »

Désemparé, Rick s'empresse de la rassurer : « Je vous en prie, Majesté, prenez simplement cette lettre, lisez-la, et vous comprendrez… » La dame, immobile, les épaules dégagées, le menton fier, se tient devant l'homme, courbé devant elle, comme si elle posait pour les photographes. Elle le considère longuement. Il ressemble à ces âmes esseulées qui, ayant perdu l'habitude de se voir à travers le regard des autres, ont trouvé leur propre style vestimentaire, dont l'harmonie n'est perceptible qu'à un œil exercé et généreux. Il est coiffé d'un chapeau melon d'une couleur indéfinissable, un gris qui avait dû être bleu, ou peut-être vert. Jeté sur ses épaules, un paletot trop grand dissimule un veston de tweed râpé auquel il manque plusieurs boutons et un pantalon de soirée élimé aux genoux. Quant aux chaussures, elles affichent plusieurs tons de brun : beige cendré aux pointes, chocolat foncé aux talons, café au lait autour des lacets. Tout, en lui, respire le vieux. Et pourtant, on perçoit dans ses yeux, dans son sourire, une énergie de jeune homme, encore saturée de rêves et d'avenir.

Devant le silence altier de la dame, Rick insiste : « Je vous en prie… Lisez et vous comprendrez. »

La curiosité finit par l'emporter. La dame fronce les sourcils, plisse les yeux : « Je comprendrai quoi, au juste ?

— Motus et bouche cousue, murmure Rick en plaçant son index contre ses lèvres. Je sais qui vous êtes, mais je ne dirai rien.

— Vous savez…

— Oui, je sais tout, poursuit Rick à mi-voix. Mais je sais aussi que vous ne souhaitez pas qu'on prononce votre nom en public. Alors, je ne vous dirai que deux mots : *annus horribilis.* »

S'étant rapproché de son interlocutrice, Rick accompagne ces paroles d'un clin d'œil et d'un sourire complice. La dame le regarde, effarée : « Quoi ? Mais de quoi parlez-vous ?

— *Annus horribilis*, vous vous souvenez ? répète Rick en chuchotant presque.

— Mais… Comment osez-vous, espèce de sale pervers ! »

Elle tente de le contourner, mais Rick, animé d'une détermination qui l'étonne lui-même, se place en travers de son chemin. « Ne vous offensez pas, Majesté, je veux parler de 1992, l'année de l'incendie de Windsor, vous avez parlé de votre *annus horribilis,* votre année terrible…

— Mais vous êtes fou, ma parole ! Je ne comprends pas un mot de ce que vous racontez.

— Majesté, je vous comprends, croyez-moi… Je… je sympathise avec vous. Vos enfants… Tout ça a été très dur… Le divorce de votre fils…

— Mais quel divorce ? Mon fils n'est pas divorcé, il ne s'est jamais marié !

— Bien sûr, Majesté, c'est évident, ce mariage avec Diana, pour vous, c'est comme s'il ne s'était jamais produit. Croyez-moi, je ne suis pas indifférent à vos malheurs. Mais au moins, vous pouvez vous consoler… avec les noces de votre petit-fils… »

C'en est trop. Les mains sur les hanches, les yeux brillants de colère, la femme s'avance vers Rick et déclare : « Qu'est-ce que vous racontez, à la fin ? Mon petit-fils a onze ans ! Maintenant, laissez-moi passer ! »

D'un geste brusque, elle bouscule Rick et fonce droit devant. En s'écartant, le malheureux fait tomber l'enveloppe qui vient atterrir sous le museau du chien. Il se penche pour la ramasser, mais le corgi, plus rapide, saisit la lettre entre ses crocs. Lorsque Rick tend la main pour la lui enlever, le chien dresse sa tête de renard vers lui en grognant furieusement. La petite dame se retourne. « Ma lettre ! » s'exclame Rick en désignant le chien d'un geste d'impuissance. Mais la dame ne daigne même plus lui répondre et s'éloigne, en tirant

sur la laisse de l'animal : « Allez, viens, Scarpetta ! »
Ce dernier tourne encore quelques fois la tête vers
Rick. L'enveloppe dans la gueule, il semble lui sourire
d'un air narquois.

5

Chère Madame,
Avant de déchirer cette modeste missive, veuillez, je vous
en conjure, la lire jusqu'au bout. Sachez que je n'ai [mot
illisible] *l'intention d'utiliser à mauvais escient ce que je*
sais sur vous. Votre secret sera le mien. Nul ne saura rien de
notre [mot illisible] *et je ne confierai à personne l'im-*
mense privilège que j'ai eu de vous reconnaître et de bai-
gner, quelques instants, dans la douce et [mot illisible]
lumière de votre présence.

Mon comportement est impardonnable, j'en
conviens. Mais il n'est pas incompréhensible. Qui ne serait
pas étonné d'apercevoir, un matin d'automne, la reine
Élisabeth II elle-même se promenant dans les rues de Mid-
town Manhattan? Si je vous ai suivie, si j'ai tant insisté
pour vous présenter mes hommages, ce n'est pas que je
désirais pénétrer dans votre intimité. C'est plutôt que, vous
ayant reconnue, je n'ai pu résister au désir de vous [mot
illisible]. *J'ai agi de manière impulsive. J'ai été maladroit,*
inconscient, [mot illisible]. *Je comprends fort bien que*
vous soyez scandalisée par mon [mot illisible]. *Mais, je*
vous en supplie, n'en tenez pour seule responsable que
mon ardente dévotion.

Cette stupide bravade m'a déjà causé tant d'heures d'insomnie; qu'elle ne me coûte pas, en plus, votre estime. Je vous en donne ma parole : je ne [mot illisible] plus jamais de vous approcher. Cependant, si vous étiez en mesure de me faire savoir, ne serait-ce que par le plus discret des signes, que vous me pardonnez ma témérité, sachez que vous pouvez me [mots illisibles], tous les samedis matin, au Nations Diner de la 1re Avenue.

Votre dévoué serviteur,
Rick Boisvert

« Ce type est complètement cinglé, ma parole ! » murmure la dame que Rick appelle la reine en s'effondrant dans son fauteuil, la lettre entre les mains.

Quelques instants auparavant, arrivée dans son appartement de Sutton Place, elle a dû lutter longtemps contre Scarpetta pour lui retirer la lettre de la gueule. La salive et les crocs de la bête ont effacé plusieurs mots, mais l'essentiel du contenu est clair : cet abruti croit qu'il a rencontré le monarque britannique.

La première pensée de la dame est de l'ignorer. Il lui suffira d'éviter ce quartier pendant quelques semaines et de remonter l'avenue Lexington pour prendre le métro dans la 59e Rue. Ce léger détour ne sera pas un bien grand prix à payer, s'il peut lui procurer la paix. Et puis, elle sera vigilante. Si elle aperçoit le gaillard au coin d'une rue, elle se précipitera dans une boutique, et s'il s'obstine, elle mettra sa menace à exécution, elle appellera la police.

Un peu plus tard, assise dans sa cuisine, les yeux

fixés sur les rangs symétriques de lumières qui enveloppent, comme une armée scintillante, le quartier de Queens, la dame repense à l'épisode de tout à l'heure. C'est alors qu'une autre idée lui vient à l'esprit : et s'il s'agissait d'un canular ? Un coup monté destiné à la ridiculiser devant des millions de téléspectateurs ? Cet énergumène serait en vérité un acteur. Derrière lui, une caméra cachée aurait filmé leur rencontre et, dans quelques jours, elle recevrait une lettre demandant son autorisation de diffuser la scène.

La dame demeure quelques instants figée, le dos droit, les yeux ardents de colère. Mais elle finit par se rassurer : non, voilà qui est trop compliqué pour ce genre de guet-apens télévisé. Et puis, se dit-elle, ce type n'a peut-être pas toute sa tête, mais il n'y a, dans son regard, aucune malice, aucune méchanceté. Peut-être faut-il lui accorder le bénéfice du doute ?

Tout en épluchant ses carottes, elle repense à ce visage émacié, à ce débit hésitant et saccadé, à cette expression déconfite. L'homme s'est contenté de lui remettre une lettre. Bien sûr, cette idée fixe, cette obstination à s'adresser à elle comme si elle était Élisabeth II, c'est un peu troublant. Mais au lieu de l'ignorer, ne vaut-il pas mieux tenter de le désabuser de son erreur ? Rien de plus facile, en effet : munie de son permis de conduire, elle n'aura qu'à le rencontrer la semaine prochaine pour lui décliner son identité véritable. Le bonhomme sera forcé de se rendre à l'évidence, et peut-être finira-t-il alors par la laisser tranquille.

Réconfortée par cette solution, si simple et si

logique, la dame en jaune retourne à la préparation de sa soupe aux lentilles et songe au plaisir qu'elle éprouvera, dans quelques heures, à se replonger, tout emmitouflée dans sa couverture de laine, dans les aventures de Scarpetta, l'héroïne des romans de Patricia Cornwell.

6

Juchée sur son lit, soutenue comme la princesse au petit pois par un édifice complexe d'oreillers, de couettes et de couvertures, la dame de Sutton Place n'arrive pas à se concentrer sur sa lecture. Elle vient de découvrir que Kay Scarpetta, le fameux médecin légiste, est elle-même menacée par un mystérieux assassin, mais cet étonnant retournement ne lui fait ni chaud ni froid. Elle repense à la lettre et à son auteur, cet homme, perdu dans ses rêves, qu'elle a traité avec si peu de ménagement.

Lorsqu'un inconnu vous aborde dans la rue, d'emblée vous vous méfiez. C'est naturel. Mais l'homme de la 2e Avenue n'est pas du genre à voler les sacs à main des dames âgées. Peut-être se sent-il tout simplement seul ? Il a besoin de compagnie, alors il laisse son imagination l'emporter où bon lui semble. Il vogue librement, affranchi des frontières de son quotidien, et saisit au vol les idées, nobles ou mesquines, sobres ou fantasques, qui croisent son chemin. Certaines s'attachent à lui, sans raison évidente, et comme il n'a personne pour éprouver leur solidité, elles s'incrustent, s'amplifient, alimentées de toutes les attentes qui se sont amoncelées en lui, sans écho et sans réponse. Alors, lorsqu'il aperçoit une femme qui ressemble vaguement à la reine d'Angleterre, il n'y a rien pour freiner le rêve.

Pourquoi donc chercher à lui faire voir la vérité? Elle irait le rejoindre au Nations Diner et lui expliquerait qu'elle n'est qu'une New-Yorkaise ordinaire. À force d'explications, il finirait par comprendre. Son visage s'assombrirait. Il balbutierait quelques mots incohérents, puis baisserait les yeux, honteux, confus. Et qu'aurait-elle gagné? À tout prendre, ne valait-il pas mieux tout simplement l'ignorer et laisser ses fabulations trouver une autre cible? Ou bien alors... Non, ce n'est pas très raisonnable. Ou alors... Et pourquoi pas, après tout? Pourquoi ne pas lui accorder ce qu'il désire? S'il tenait à tout prix à ce qu'elle soit Élisabeth II, elle pourrait bien faire semblant de l'être, ne serait-ce que pour quelques heures, question de lui faire passer sa lubie. Elle pourrait jouer son rôle: prendre un café – plutôt un thé – avec lui, répondre à ses questions, lui parler de son dernier voyage en Australie, des pélicans du parc St. James, du temps qu'il fait à Londres... Elle l'interrogerait poliment sur ses centres d'intérêt, sa famille, son travail, s'il en avait un. Puis, ils se sépareraient cordialement et chacun partirait de son côté, le cœur léger. Il serait ravi d'avoir pris le thé avec Sa Majesté et elle pourrait se féliciter de n'avoir pas rendu cette pauvre âme plus malheureuse qu'elle ne l'était déjà.

7

L'idée fait son chemin. C'est une idée saugrenue qui tranche avec le quotidien maîtrisé et la vie « comme il faut » de la dame. Mais c'est précisément pourquoi elle exerce sur elle une fascination aussi tenace.

À de nombreuses reprises, elle a essayé de refouler ce projet stupide, le mettant sur le compte d'une témérité frivole. Son existence est-elle donc si monotone, si dénuée de surprises qu'elle doive se laisser tenter par une aventure aussi aberrante ? Mais, peu importe le motif, la dame n'a plus envie d'être raisonnable. Vers la fin de la semaine, le scénario, plusieurs fois façonné, est finalement au point.

8

« Scarpetta! Cesse de grogner! » Rick, assis comme à son habitude au Nations Diner, se retourne brusquement. À ses pieds, un corgi pointe sur lui ses petits yeux féroces. Son regard suit la laisse, se pose un instant sur la main gantée qui la tient, remonte le long de la manche, découvre un chemisier de soie d'où émerge un cou lisse et blanc, puis s'arrête enfin sur le visage...

Elle sourit.

« C'est... C'est vous? finit par dire Rick.

— Vous ne m'invitez pas à m'asseoir? » lui demande la dame.

Dans sa stupéfaction, Rick en a oublié ses bonnes manières.

« Mais bien sûr, je vous en prie... »

La femme s'assoit sur la banquette, en face de Rick. Ce dernier l'observe, fasciné de se trouver soudain si près de ce visage que tant de photographies lui ont, en apparence, rendu familier. Malgré le maquillage, malgré les rides et les cheveux gris, il n'a rien perdu de sa vivacité, et Rick y perçoit les vestiges d'une impertinence que des années de dîners officiels et de sourires factices n'ont pas entièrement étouffée.

« Allons, n'ayez pas l'air si étonné, vous allez éveiller les soupçons, finit par dire la dame d'un ton impatient. Vous me paraissez bien peu loquace, pour quelqu'un qui était si avide de me rencontrer. »

Rick tente de se ressaisir.

« Pardonnez-moi, c'est que… voyez-vous, c'est la surprise. Je ne m'attendais vraiment pas… C'est un tel honneur pour moi, vous ne pouvez pas savoir… Je suis désolé, je ne sais pas trop par où commencer… D'ailleurs, comment… Comment dois-je m'adresser à vous, Majesté ? Dois-je vous appeler *Ma'am* ?

— Ah non ! Vous n'y pensez pas ! Vous tenez vraiment à attirer les journalistes, on dirait !

— Je regrette… Je…

— Et puis, cessez donc de vous excuser à tout bout de champ, c'est agaçant. Appelez-moi… Je ne sais pas… Oh, et puis, ne m'appelez rien du tout. Dites-moi "vous", ça suffira.

— D'accord, dit Rick d'un air contrit. Si je comprends bien, vous… vous ne m'en voulez pas…

— Mais non, puisque je suis venue !

— Vous savez, j'avais si peur de mettre votre vie en danger en exposant…

— Oublions tout ça. Parlez-moi plutôt de vous.

— De moi ? Mais… je… Ma vie n'a rien de très intéressant, vous savez…

— Pour moi, si.

— Je ne comprends pas…

— Mettez-vous à ma place : je passe mon temps entourée de personnes dont je ne sais, au fond, presque rien. Qu'il s'agisse de mes domestiques, de mes conseillers ou de chefs d'État, ils n'ont que deux idées en tête : obtenir des faveurs ou éviter de me déplaire. Dans les deux cas, ils ne parviennent à leurs fins qu'en cachant leur vrai visage.

— Je vois… Mais avec vos proches, c'est sûrement différent… »

La dame sourit, s'efforçant de donner à son visage une expression de lassitude princière.

« Avec mes proches, c'est la même chose. Oh, bien sûr, comme toutes les mères, j'ai des moments de tendresse et je me suis parfois ouverte à ma sœur, surtout avant le mariage de Charles… »

La dame de Sutton Place s'étonne elle-même de l'aisance avec laquelle elle évoque, comme si elle ne connaissait qu'eux, des individus qu'elle n'a jamais vus qu'en photo. Mais le regard fasciné de Rick efface ses doutes et l'engage à poursuivre.

« Mais personne ne s'est jamais confié à moi. Je veux dire, gratuitement, sans arrière-pensées. La vie des autres, pour moi, demeure un mystère. Tenez, ce serveur qui vient de vous apporter votre café, où est-il né ? Au Mexique ? Au Guatemala, peut-être ? Qu'est-ce qu'il a sacrifié pour venir ici ? Et sa famille, où est-elle ? Ses enfants habitent-ils avec lui, ou bien sont-ils restés là-bas ? L'existence quotidienne de cet homme n'a rien d'un secret d'État, et pourtant, elle est bien au-delà de ma portée !

— Oui, mais maintenant, par exemple, personne ne sait… »

— Personne ne sait qui je suis… sauf vous. Mais est-ce que vous vous rendez compte de ce qu'il m'en a coûté pour en arriver là ? Combien d'heures de négociations avec mes conseillers, le service de sécurité, Scotland Yard, pour qu'on accepte que, de temps à autre, je puisse m'échapper, incognito, à Manhattan ? En ce moment même, savez-vous combien de règles je foule aux pieds en m'asseyant avec vous ? Voyez-vous, je ne suis jamais seule. Ici même, je suis entourée de gardes du corps. Ils surveillent tous mes faits et gestes. À la moindre menace, au moindre mouvement un peu brusque de votre part, ils sont prêts à bondir. (Comment, se dit la dame, en est-elle arrivée à broder cette histoire ? Ce sont peut-être les aventures de Kay Scarpetta qui, à son insu, ont laissé leur empreinte.) En théorie, reprend-elle en soupirant, je dispose d'un grand pouvoir. Demain matin, je pourrais, s'il m'en prenait l'envie, dissoudre le Parlement britannique. Mais échanger quelques paroles anodines avec un étranger : impossible sans d'abord alerter la police et voir intervenir trois ministères ! Alors, vous comprenez, pour moi, connaître un peu la vie d'un homme ordinaire, la vie d'un homme comme vous, il n'y a rien de plus exotique… »

Rick observe la dame de Sutton Place, à la fois ému et déconcerté. Pendant une semaine, il a imaginé des dizaines de scénarios : la reine et lui remontaient ensemble l'avenue York, s'asseyaient un moment sur un banc pour contempler le fleuve. Parfois, elle lui parlait de corgis et de chevaux. Parfois, elle lui racontait ses voyages en Inde ou au Ghana. Mais qu'elle témoigne le moindre intérêt pour sa vie à lui, Rick Boisvert, voilà qui ne lui avait jamais effleuré l'esprit.

« Je… Je ne sais pas trop par où commencer… Voyons… Je suis né à Sainte-Foy, près de Québec – vous connaissez le Québec, bien sûr ?

— Oui… J'aime beaucoup Montréal. Et la ville de Québec, même si on ne m'y a pas toujours ménagé le meilleur accueil… »

Le visage de Rick s'assombrit. Il se mord la lèvre.

« Je… Je sais… Ces étudiants qui vous ont tourné le dos, après votre discours à l'Assemblée nationale… Mais il ne faut pas leur en vouloir, vous savez. Tout ça, c'est de la politique, ça n'a rien à voir avec vous…

— Ne vous en faites pas, voyons. J'en ai vu d'autres… Dites-moi plutôt, comment avez-vous abouti ici ?

— Je suis arrivé à New York en 1970. Je suis… J'étais peintre.

— Et vous ne peignez plus ?

— Non, c'est fini.

— Pourquoi ?

— C'est compliqué… J'ai eu du succès au début, et puis… je ne sais pas… les choses se sont gâtées… je me suis laissé aller… je n'avais peut-être pas suffisamment de volonté…

— Racontez-moi. Comment avez-vous commencé ? »

Rick lève les yeux vers la dame de Sutton Place. Elle a perdu son regard inquisiteur. Son sourire l'encourage.

« Après le cégep, j'ai quitté Sainte-Foy pour m'inscrire à l'École des beaux-arts de Montréal. Assez vite, je me suis fait remarquer. Quelques professeurs m'ont pris sous leur aile. Ils m'ont conseillé, m'ont ouvert des portes. Je ne sais pas si j'avais vraiment du talent. Mais ce que je faisais était dans l'air du temps. Souvent, ça suffit pour vous bâtir une réputation. Et puis, j'étais plutôt travailleur. Je passais de longues soirées à boire et à fumer avec mes camarades, mais lorsque, à deux heures du matin, ils allaient tous se coucher, moi, je me mettais à peindre. Je ne sais pas comment j'y arrivais. J'avais une telle énergie…

— Qu'est-ce que vous peigniez ? Des paysages ?

— Des scènes de combat, surtout. Des monstres, des créatures mythiques, grotesques, mi-hommes, mi-bêtes… mi-autruches, mi-poissons des profondeurs… C'étaient peut-être tous mes cauchemars d'enfant qui refaisaient surface. En tout cas, mon travail a porté des fruits. J'ai commencé à gagner des prix, je donnais des interviews dans les revues d'art. À l'exposition de fin d'année, un propriétaire de galerie m'a proposé de mettre en vente quelques-uns de mes tableaux. Ils ont trouvé preneurs, on m'en a commandé d'autres. De fil en aiguille, mon nom a commencé à circuler. J'étais, à en croire les critiques, l'"étoile montante"…

— Et c'est à cette époque que vous êtes venu à New York ?

— Oui, à peu près. Au début, je ne voulais pas. J'étais bien à Montréal. J'avais mes amis, ma routine. Mes toiles se vendaient, ça me suffisait. Je ne pensais pas à l'avenir. Pour moi, qui venais de Sainte-Foy, cette vie me comblait au-delà de toute attente. Mais un beau jour, le propriétaire d'une galerie new-yorkaise, de passage à Montréal, a vu l'un de mes tableaux dans la maison d'un collectionneur. Il a demandé qu'on lui en montre d'autres, puis a voulu me rencontrer. J'étais flatté, bien entendu, mais quand il m'a proposé de monter une exposition à New York, j'ai hésité...

— Pourquoi?

— J'avais peur de tenter le destin, peut-être... Et puis, je craignais de ne pas être à la hauteur. Je ne me sentais pas prêt. New York, pour moi, c'était l'inaccessible. Qu'on m'offre autant, si facilement, ça me paraissait trop beau. J'arrivais à peine à y croire...

— Mais vous avez quand même décidé de faire le saut.

— Oui... Je suis parti avec quelques toiles, des livres, une valise de vêtements, et j'ai loué un studio dans SoHo. La première exposition a été un succès. La seconde aussi. Je travaillais avec frénésie. Lorsque je peignais, tout se bousculait dans ma tête, les souvenirs, les visages, les parfums de vacances, les airs de musique oubliés, et ce qui prenait forme n'avait parfois rien à voir avec ce que j'avais voulu créer au départ. Mes toiles devenaient de plus en plus gigantesques. C'étaient des monstres fantasmagoriques aux couleurs fauves, aux dents d'acier, aux regards de possédés. Des minotaures mécaniques qui s'entredéchiraient dans des paysages d'apocalypse. Je ne sais pas pourquoi, mais ce genre de tableaux était très prisé à l'époque, surtout parmi les gens de Wall Street. Je me suis laissé prendre au jeu. Je ne peignais plus comme j'en avais envie, mais je m'efforçais de répondre à la demande.

— C'est toute l'histoire de ma vie, répondre à la demande, dit la dame de Sutton Place en souriant.

— Oui, j'imagine, les dîners d'État, les cérémonies, les visites officielles…

— Je dois sans cesse me conformer aux attentes des autres. Mais revenons à vous : que s'est-il passé après vos premiers succès ?

— Vous savez, New York… On ne peut pas faire long feu ici quand on manque de discipline. On est vite entraîné. Les tentations, les plaisirs… On s'enlise, et bientôt… C'est comme à la mer, les courants d'arrachement… plus on s'efforce de rebrousser chemin, plus on s'épuise et plus on est emporté vers le large… Vous comprenez ?

— Je crois, oui… La drogue, l'alcool, c'est ça ?

— Oui, entre autres.

— Alors, vous avez arrêté de peindre ?

— Pas immédiatement. Mais j'ai arrêté d'y croire. Au début, j'étais arrogant. Je suis devenu cynique. Je faisais tout le contraire de ce qu'on attendait de moi. On voulait des fresques, des tableaux gigantesques ? Je me suis mis à peindre des miniatures, des visages qui tenaient sur un timbre-poste. On me demandait de la couleur ? Je me suis mis au fusain. Résultat : les critiques se sont peu à peu désintéressés, plus personne ne voulait exposer mes œuvres. Et plus on m'ignorait, plus j'en faisais à ma tête. Je buvais de plus en plus, je ne sortais plus, je ne voyais plus personne. Et puis, je me suis embarqué dans un projet impossible, cinq mille visages… »

La dame de Sutton Place regarde sa montre. Rick comprend :

« Mais je parle trop, je vous ennuie…

— Non, ce n'est pas ça, mais… »

Rick voudrait la retenir, mais il sait qu'il ne doit pas abuser.

« Ne vous en faites pas, vous m'avez déjà consacré tellement de temps. Vous ne pouvez pas savoir l'honneur…

— Moi aussi, j'étais très heureuse de faire votre connaissance…

— Aurai-je… Êtes-vous encore à New York quelque temps? Peut-être pourrions-nous… »

La dame réfléchit un instant. Elle ne doit pas oublier son rôle. Si elle accède trop facilement à sa demande, elle risque de se trahir. Non, il faut de la dignité, de la distance.

« Je dois repartir bientôt. Je ne sais pas quand je reviendrai. Dans quelques mois, peut-être. Si j'en ai le loisir, je reviendrai au *diner* un samedi matin. Vous y serez peut-être…

— J'y serai. Je serai ici, à cette table, tous les samedis. »

La dame voudrait se raviser, mais il est trop tard. Sans le vouloir, voilà qu'elle vient de lui faire une promesse. Il l'attendra, il faudra qu'elle revienne. Vite, maintenant il faut partir, avant de s'engager plus loin.

« Je regrette, je dois vraiment y aller… »

La dame de Sutton Place réveille Scarpetta qui s'était endormi sous la table et quitte le restaurant d'un pas pressé. En passant devant la fenêtre, son regard rencontre celui de Rick et, pour ne pas le décevoir, elle lui fait un petit signe de la main, imitant du mieux qu'elle peut le geste de la reine saluant son peuple de son carrosse.

Rick se rassoit, abasourdi, confus, comblé.

Il sort son portefeuille de la poche de son pantalon, lorsqu'il remarque, glissé sous la tasse dans laquelle a bu la reine, un billet de dix dollars.

C'est bien elle, se dit Rick. Quelle discrétion! Quelle dignité!

9

Les jours suivants, Rick les vit comme un bienheureux. La reine, la reine! J'ai rencontré la reine! Une heure après avoir quitté le *diner*, ces mots occupent encore toute sa tête, l'entraînant dans une ronde furieuse. Il rentre chez lui, se prépare une tisane, ne la boit pas, s'assoit, se lève aussitôt, arpente la salle à manger, puis, n'y tenant plus, ressort et se met à marcher sans but d'est en ouest, de SoHo à Tribeca, de Tribeca à Chinatown. Au bout d'une heure et demie, la fatigue finit par le gagner. Il fait deux fois le tour de Washington Square avant de s'effondrer sur un banc.

Il repense au visage de la reine, à son regard à la fois noble et bon, dénué de condescendance. L'habitude du luxe et des grands dîners ne l'empêche pas de se sentir à l'aise dans un *diner* de Manhattan. Quelle femme extraordinaire! se dit Rick. Elle qui a pris le thé avec les grands de ce monde, elle n'a pas dédaigné de venir s'asseoir à ma table, elle s'est adressée à moi sur un ton tout ce qu'il y a de plus amical, elle m'a posé des questions et paraissait sincèrement intéressée. En se rejouant le scénario de leur conversation, Rick ne regrette qu'une chose : il s'est trop étendu sur sa vie. Bien sûr, la reine a insisté, mais il n'aurait pas dû se laisser aller, s'attarder sur sa carrière de peintre. Encore une fois, tu en as trop dit. On te donne la main, tu prends tout le bras. Tu ne sais rien faire avec modération. Tu as fini par l'ennuyer avec tes histoires d'artistes et de galeries, c'est évident.

Rick retourne à son appartement et les autoréprimandes cessent bientôt. Il repense au sourire bienveillant de la reine (même dans le silence de ses pensées, il n'ose l'appeler par son nom : Élisabeth). Il lui a paru si naturel, si simple, si amène. Dans le feu de la conversation, Rick a presque oublié qui il avait en face de lui. Il aurait pu s'agir d'une New-Yorkaise ordinaire, d'une dame respectable de l'Upper East Side, promenant son chien un samedi matin. Maintenant qu'il est chez lui, Rick savoure à son aise le plaisir d'être le seul à savoir que ces yeux scintillants, ce nez poudré, ce front si plein de grâce n'abritent nul autre que le monarque britannique.

Mais est-il vraiment le seul ? Tout à l'heure, pendant sa promenade éperdue dans les rues de Tribeca, n'a-t-il pas senti qu'on l'observait bizarrement ? Cette jeune femme qui attendait l'autobus au coin de Lafayette et Canal Street, n'a-t-elle pas posé sur lui un regard entendu, comme si elle avait deviné qu'il venait de prendre le thé avec une personne importante ? Rick se précipite dans la salle de bains et se plante devant le miroir, les bras appuyés sur le bord du lavabo. Longtemps, il scrute sa propre image. Il lui semble que ses sourcils sont plus arqués que d'habitude, les rides qui labourent son front se sont quelque peu lissées, ses lèvres paraissent moins crispées. C'est un visage plus jeune qu'il découvre, plus confiant, plus paisible, un visage que, pour la première fois depuis des années, il a moins envie de détester. Cette transformation serait-elle apparente aux yeux des autres ? Non, c'est absurde, comment pourraient-ils savoir ?

La semaine suivante, pour retrouver un peu son équilibre, Rick se lance dans son travail avec une ardeur renouvelée. Arrivé le premier le matin, il insiste pour déplacer seul les caisses les plus lourdes, il ne s'accorde que vingt minutes pour déjeuner et, aussitôt son sandwich avalé, il s'attelle de nouveau à la tâche de trier les vêtements, les chaussures, les livres écornés, les assiettes et les tasses dépareillées. Ses collègues s'étonnent de le voir mettre tant de cœur à l'ouvrage. Ce qu'ils ne comprennent pas, c'est que cette activité frénétique n'est qu'une diversion. Depuis la rencontre du samedi précédent – ce qu'il appelle, dans son monologue intérieur, l'« événement » –, il est tourmenté par le désir de se confier, de raconter son aventure, de partager, ne serait-ce qu'à demi-mot, son nouveau bonheur. Rick sait qu'il doit garder un silence absolu, bien sûr, et c'est peut-être pour ça, justement, qu'il a parfois l'impression que les autres lisent dans ses pensées et décèlent, derrière la métamorphose de ses traits, le privilège insigne qui lui a été accordé.

10

Après avoir quitté Rick ce matin-là, la dame de Sutton Place ne rentre pas immédiatement chez elle. Ce n'est pas dans ses habitudes de flâner, et pourtant, elle se laisse emporter par le flot des passants, sans se demander où elle va. Elle aboutit à Central Park et se retrouve bientôt dans l'allée des écrivains. Ces statues d'hommes sérieux, importants, hautains, elle ne s'est jamais attardée à les observer. Cette fois, cependant, elle entreprend de décoder leurs noms. Elle se permet même une réflexion impertinente : Patricia Cornwell, la fameuse créatrice de Scarpetta, ne pourrait-elle pas se trouver un jour immortalisée ici aux côtés de Robert Burns et de William Shakespeare ?

Arrivée au Ramble, la dame ralentit le pas pour permettre à son chien de renifler les buissons à son aise. Quelque chose a changé en elle, elle le sent bien, mais elle ne saurait mettre le doigt dessus. Si Scarpetta avait pu parler, il lui aurait peut-être trouvé une allure plus altière, des gestes plus amples, un regard généreux et serein. La dame de Sutton Place a oublié ses courses, son rendez-vous chez le coiffeur, la lettre qu'elle devait sans faute mettre à la poste. Le corgi lui-même s'étonne de la liberté qui lui est accordée : la dame ne tire plus sur la laisse et sa voix aiguë, impétueuse, s'est tue.

Lorsqu'elle se décide enfin à rentrer, il est deux heures de l'après-midi. La faim la tenaille. Elle s'arrête chez l'épicier, au coin de la 49e Rue, pour acheter du pain et des œufs. La caissière, son téléphone cellulaire calé entre la joue et l'épaule, daigne à peine la regarder. Elle poursuit sa conversation comme si de rien n'était, et au lieu de lui remettre sa monnaie dans la main, elle la jette distraitement sur le comptoir. Normalement, la dame, habituée aux petits affronts de la vie new-yorkaise, aurait à peine sourcillé. Mais aujourd'hui, elle a envie de répondre à l'insolente : « Dites-moi, mademoiselle, savez-vous seulement qui je suis ? » Elle se retient, cependant, et se laisse entraîner par Scarpetta qui, tout en tirant sur sa laisse, la regarde d'un air affamé.

Une fois rentrée, la dame de Sutton Place remplit la gamelle de Scarpetta et se prépare un bol de soupe. Assise à la table de la cuisine, elle pousse un long soupir. Tout à l'heure, dans le parc, elle s'est sentie légère : j'ai donné à cet homme ce qu'il voulait, se dit-elle. Je me suis bien glissée dans la peau de mon personnage. Je me suis montrée polie, attentive même. Il m'a raconté sa vie, ses succès, ses tribulations. Il était heureux, et ça ne m'a rien coûté.

Mais cette insouciance fait place à de nouveaux scrupules. Ai-je le droit de tromper ce pauvre homme de la sorte ? Il est vulnérable, crédule, peut-être même un peu timbré. Il a besoin d'aide. Et moi, au lieu de chercher à le remettre sur les rails, je me paie sa tête, je le mène en bateau.

La dame se lève pour rejoindre Scarpetta qui l'attend, allongé dans le grand fauteuil du salon. Elle s'installe à ses côtés et lui caresse les oreilles, tout en suivant du regard les navettes qui vont et viennent sur l'East River. Elle reprend le fil de ses pensées. N'est-ce pas lui, pourtant, qui l'a entraînée dans cette histoire ? Il s'est fait tout un cinéma, il a laissé son imagination s'emballer. Elle n'a fait que le suivre. Peut-on vraiment l'accuser d'imposture, alors qu'elle s'est contentée de jouer le rôle qu'il a inventé pour elle?

12

Les semaines suivantes, la dame de Sutton Place s'efforce en vain de retrouver sa routine. Son mari avait l'habitude de dire que, pour bien vivre, un homme (mais il voulait dire aussi une femme) a besoin de trois choses en se levant le matin : une tâche à accomplir, la perspective d'un plaisir (petit ou grand) et le contact physique avec un être aimé. Tous les après-midi, la dame se rend à la maison de retraite de Flushing, dans le Queens, où elle travaille comme bénévole. Voilà sa tâche quotidienne. Son plaisir, elle le trouve dans la lecture de romans policiers. Quant à l'être aimé, n'a-t-elle pas Scarpetta ?

Elle devrait être comblée, et pourtant… Ses pensées la ramènent toujours au Nations Diner. Rick y déjeune-t-il vraiment tous les samedis matin ? Près de deux mois se sont écoulés depuis leur rencontre. L'y attend-il encore ?

Il n'y a qu'un moyen de le savoir. Vendredi, en revenant de Flushing, la dame se rend chez H&M, sur la 5ᵉ Avenue, où elle se procure des jeans, un pull de laine, des ballerines et un bonnet noir. Ainsi déguisée, elle sera méconnaissable.

Le lendemain, dès l'aube, elle enfile ses nouveaux vêtements. Debout devant le miroir du salon, elle se contemple un long moment. Sans maquillage, sans talons hauts, sans manteau jaune, la dame de Sutton Place se trouve étrange. Pour elle qui est si coquette, l'aventure sera difficile, mais elle est nécessaire. Elle referme la porte, non sans avoir expliqué à Scarpetta qu'elle ne peut pas l'emmener avec elle, qu'elle ne sera pas longue, qu'elle lui rapportera un biscuit. À l'entrée de l'immeuble, le gardien la regarde, stupéfait : c'est bon signe.

Arrivée au coin de la 49e Rue, la dame ralentit le pas. Elle doit se montrer prudente : même accoutrée de la sorte, elle pourrait être reconnue par Rick. Elle pointe la tête, jette un œil vers le *diner*. Il est là, assis près de la fenêtre, le regard errant au loin. La dame s'empresse de baisser la tête et remonte la rue. Elle se retourne à quelques reprises. Tout va bien : il ne l'a pas aperçue.

Maintenant, j'en ai le cœur net, se dit la dame en rentrant chez elle. Ce bonhomme est décidément très persévérant. Avec son regard de chien battu, il me fait un peu de peine. Il a l'air perdu. Toute cette vie, derrière lui… ces demi-réussites… ces lubies… Il attend encore. Il y croit. Il est convaincu que la reine reviendra. Et si je peux, sans trop d'efforts, lui accorder son vœu, pourquoi hésiter ?

La dame de Sutton Place se sent apaisée par ce nouvel élan de compassion. Mais ce qu'elle ne s'avoue pas, c'est que, toute peinée qu'elle est d'avoir entrevu, par la fenêtre du Nations Diner, la solitude de Rick Boisvert, elle aurait été beaucoup plus déconcertée si elle l'avait découvert en compagnie d'une autre.

Quand on attend quelqu'un avec trop d'ardeur, il arrive qu'on projette sa présence à tous les coins de rue, la faisant surgir dans les lieux les plus improbables, là où seul un esprit tournant à vide peut en dessiner les contours. La réaction naturelle, pour contrer cette fâcheuse tendance, est alors de discréditer toutes les apparitions, qu'elles soient plausibles ou pas. Après avoir cru reconnaître la personne partout, on ne l'aperçoit plus nulle part.

C'est ainsi que, lorsque se profile derrière la vitre du *diner* la silhouette de la reine, Rick, soucieux de déjouer les mauvais tours de son imagination, se contente d'abord de l'ignorer. Ce n'est qu'après avoir relevé la tête plusieurs fois, pour s'assurer qu'il n'avait pas la berlue, que Rick la reconnaît enfin. Il se dépêche de régler l'addition, laisse un énorme pourboire et court aussitôt à sa rencontre.

« Je… Je suis désolé… Je ne vous ai pas… C'est que, voyez-vous, j'étais dans les nuages… »

La dame lui sourit comme la reine à son majordome quand il tarde à ouvrir la portière de sa voiture.

« Où allons-nous ? demande-t-elle.

— Je… Je ne sais pas… On peut…

— Vous n'avez rien prévu, rien planifié ?

— C'est-à-dire que…

— Vous ne vous attendiez pas à ce que je revienne, dit la dame en fronçant les sourcils d'un air de reproche.

— Si, si, bien sûr… C'est que… je ne savais pas quand… »

La dame croise les bras sur sa poitrine et l'interrompt d'une voix douce et impérieuse :

« Allons, cessez de nier l'évidence, vous ne m'avez pas crue lorsque je vous ai dit que vous me reverriez.

— Non, je vous assure, ce n'est pas ça ! proteste Rick, de plus en plus affolé.

— Je suis très déçue. Vous avez douté de moi, insiste la dame, le regard peiné.

— Non, pas du tout… Je vous en prie… Vous devez me croire, Majes… je veux dire… Madame… Je… Je ne sais plus… »

La dame éclate de rire. Rick lève les yeux vers elle, abasourdi.

« Allons, allons, ne vous mettez pas dans un tel état, lui dit-elle. Vous ne voyez pas que je vous fais marcher ? »

Rick observe la dame, interdit. Le sentiment de panique qui crispait son visage s'efface peu à peu. Vite, il doit reprendre pied :

« Ah ! Mais oui, bien sûr ! Que je suis bête ! Je regrette… J'aurais dû comprendre… Bon, laissez-moi réfléchir… D'accord, je crois que j'ai une idée. C'est un endroit qui vous plaira sûrement. Ça ne vous gêne pas de prendre l'autobus ?

— Non, pourquoi pas ?

— Et vos gardes du corps ?

— Oh, ne vous en faites pas, où que j'aille, ils ne sont jamais bien loin. »

Rick entraîne la dame vers l'avenue Madison. De temps à autre, il se retourne. Sur le coin de la 2e Avenue, il aperçoit deux individus de grande taille, vêtus de noir, l'air bourru. Tiens, ce sont peut-être eux, les gardes du corps. Mais après avoir traversé la rue, les deux armoires à glace disparaissent dans un Starbucks voisin. La reine a peut-être changé d'avis et leur a donné congé, se dit Rick.

Dans l'autobus, l'artiste se montre disert, décrivant à la reine les immeubles de l'avenue Madison, attirant son attention sur les boutiques de luxe que, plus jeune, elle fréquentait presque chaque semaine. Du mieux qu'elle peut, elle laisse le regard de Rick lui dévoiler sous un nouveau jour les lieux de ses vingt ans.

Arrivés à la 190e Rue, ils marchent en direction de Fort Tryon Park. En voyant se profiler, au sommet de la colline, la tour médiévale des Cloisters, la dame de Sutton Place ralentit le pas. Rick se retourne.

« Vous êtes fatiguée ? s'empresse-t-il de lui demander en cherchant des yeux un banc où elle pourrait s'asseoir.

— Non, non, ça ira… »

Ils montent ensemble le petit escalier de pierre qui mène à l'entrée du musée, cet assemblage éclectique de pierres, de colonnes, de murs entiers provenant de monastères européens abandonnés. C'est ici que, trente ans auparavant, son mari et elle avaient pris l'habitude de passer l'après-midi, le jour où les enfants partaient pour leur camp d'été. Le matin – en général, c'était le premier dimanche du mois de juillet –, ils accompagnaient Charles et Julia à la gare d'autocars et, après des adieux généralement dénués d'émotion, Brad et elle se rendaient en voiture aux Cloisters. Ils avaient appris à aimer la sérénité de ce lieu qui offrait, à quelques minutes à peine de Midtown Manhattan, un contraste si violent avec la frénésie de la ville. Après s'être promenés dans les jardins du cloître, ils s'asseyaient à la terrasse du café et, tout en sirotant un thé glacé, ils contemplaient les bas-reliefs et les colonnes de pierre surmontées de gargouilles menaçantes. Chaque fois, Brad lui faisait la même remarque : « Les Cloisters, ça résume très bien l'Amérique, tu ne trouves pas ? Nous n'avons rien de vraiment ancien ici, alors il a fallu qu'un sculpteur un peu fou récolte, en Espagne et en France, des morceaux de monastères dont personne ne voulait et les ramène à Manhattan pour nous donner le sentiment qu'ici aussi le passé a une profondeur. »

Ce petit rituel s'était répété d'année en année, se poursuivant bien après que les enfants eurent cessé d'aller au camp. La dame de Sutton Place se souvient surtout du dernier après-midi que Brad et elle avaient passé aux Cloisters. Brad était déjà très malade. L'année précédente, il avait été opéré du cœur et il s'essoufflait rapidement. Mais il avait tenu à maintenir la tradition, malgré la fatigue, malgré les étourdissements que lui causaient les médicaments.

Le souvenir de ce dernier pèlerinage réveille en elle une douleur lancinante, mélange de honte et de remords. Alors qu'à son habitude Brad avait été prévenant, oubliant ses propres maux pour lui faire plaisir, proposant même de prolonger la promenade jusqu'à Fort Tryon, elle s'était montrée froide, impatiente, indifférente. Plusieurs fois, elle l'avait rabroué, répondant à peine à ses questions, ignorant ses sourires, feignant de ne pas le voir lorsqu'il lui offrait le bras. Elle s'en était voulu, elle avait regretté sa mauvaise humeur, mais c'était plus fort qu'elle. Assaillie par des émotions contradictoires, elle le détestait d'être malade et se détestait de le détester. Elle se voyait déjà seule, veuve, prisonnière de ses souvenirs, de ses lâchetés, de ses mesquineries, de tout ce qu'elle ne lui avait pas avoué, de tout ce que, sans le lui dire, il lui avait pardonné.

N'est-il pas étrange que ce soit précisément ici que, vingt ans plus tard, ce Rick Boisvert ait choisi de l'emmener? Certes, elle n'a aucun mal à comprendre le raisonnement de son guide : la reine est une personne raffinée, elle vient de l'Ancien Monde, montrons-lui un lieu qui ne la dépayse pas trop, donnons-lui des petits bouts de l'auguste Europe. Mais ce retour, cette soudaine intrusion du passé dans son quotidien, d'habitude épuré de pensées errantes et inutiles, laisse la dame de Sutton Place désorientée.

Elle observe Rick furtivement. Ce dernier s'empresse de lui tenir la porte, se précipite vers le guichet pour acheter les billets d'entrée au musée, jette des coups d'œil nerveux derrière lui, prêt, semble-t-il, à affronter une armée imaginaire de paparazzis. Il prend son rôle tellement au sérieux, se dit la dame, adoucie. On dirait un enfant à qui son père aurait expliqué, avant de partir en voyage : « Maintenant, c'est toi, l'homme de la maison, tu dois prendre soin de ta mère. » Et la dame, répondant aux attentions de Rick, se laisse entraîner de salle en salle, faisant mine de découvrir pour la première fois ces lieux qu'elle connaît mieux que lui. Elle s'efforce de paraître curieuse, feint tantôt la surprise, tantôt l'admiration, comme si, en écoutant patiemment les explications de l'artiste québécois, elle cherchait à se racheter de la méchanceté qu'elle avait témoignée à son mari vingt ans auparavant.

La dame s'attarde devant une tapisserie représentant une licorne assise dans un enclos étroit. Une nature luxuriante, des fleurs de toutes sortes, des lys, des roses, des glaïeuls, des perce-neige, foisonnent autour de la bête et semblent la narguer. Mais cette dernière ne paraît pas du tout troublée par sa captivité. Elle sourit, bienheureuse, comme si elle était venue s'asseoir de son plein gré dans cette prison de verdure.

« Elle n'a pas l'air très triste, hasarde Rick.

— En effet, elle n'est pas pressée de se sauver, poursuit la dame, pensive.

— Elle semble dire : "Vous vous croyez malins. Vous pensez m'avoir capturée. Mais je n'existe que dans votre imagination. C'est donc moi qui vous tiens. Je suis la fiction dont vous avez besoin pour vivre."

— Vous pensez vraiment que les créateurs de cette tapisserie croyaient aux licornes ?

« — Peut-être, peut-être pas. Ou peut-être faisaient-ils semblant d'y croire.

— À quoi ça aurait pu leur servir ?

— Eh bien, je ne sais pas… Parfois, les êtres imaginaires nous aident à mieux nous aimer, ou à dissimuler nos failles. La licorne, c'est une créature noble et pure, trahie par une jeune femme qui la livre aux méchants chasseurs. Combien d'hommes ne se reconnaissent-ils pas dans cette fiction ?

— C'est votre histoire, à vous aussi ? Vous avez été trahi par une cruelle demoiselle ? demande la reine avec une pointe d'ironie.

— Peut-être, oui… Enfin, c'est ce que j'ai cru… En fait, c'était probablement plus compliqué… »

Dans l'autobus qui les ramène à Midtown Manhattan, la dame demeure silencieuse. Rick s'inquiète. Peut-être trouve-t-elle sa compagnie ennuyeuse ? Ne s'est-il pas montré suffisamment bon guide ? Le considère-t-elle comme trop « homme du peuple » à son goût ? Aurait-il, sans s'en rendre compte, commis un impair ? Se serait-il adressé à elle d'un ton trop familier ? Et si la reine en avait conclu qu'il n'est pas très sage, tout compte fait, de mettre en péril son incognito avec un individu tel que Rick dont elle ne sait, au fond, presque rien ?

Par nervosité plus que par désir de plaire à la reine, Rick devient soudain très volubile. Il décrit, à mesure qu'ils défilent, tous les édifices qu'il connaît, et même ceux qu'il ne connaît pas. Il attire son attention sur tel hôtel particulier, construit, selon lui, dans le style haussmannien (Tu dis n'importe quoi, Rick, tu ne connais rien à l'architecture), s'émerveille devant tel autre, dont il affirme qu'il a appartenu à la famille Vanderbilt (Tu t'enlises, Rick), admire la pureté des lignes Art déco d'une façade dorée (Vas-tu te taire à la fin?). Il déclare, sans réfléchir, que Woody Allen joue de la trompette tous les lundis soir dans l'hôtel au toit vert-de-gris qu'ils viennent d'apercevoir sur leur droite et que Liza Minnelli habite le penthouse de l'immeuble en briques rouges, au coin de la 73e Rue.

La dame de Sutton Place suit distraitement le regard de Rick et sourit sans le regarder. Continuant sur sa lancée, l'artiste s'étend sur la vie « à cent à l'heure » des New-Yorkais, sur leur individualité, leur solitude.

« En fait, on pourrait dire qu'il y a deux types de personnes à New York. Il y a les hyperconformistes, les gens comme il faut, toujours tirés à quatre épingles, qu'ils s'acheminent vers Wall Street ou vers le Starbucks du coin, ceux qui vont dîner au Bar Boulud le samedi soir et passent une demi-heure tous les matins au club de gym; et puis, il y a les autres, ceux qui n'entrent pas tout à fait dans le moule, ceux qui portent des sandales en hiver et font leur jogging en costume de gorille, ceux qui passent leurs soirées au Dunkin' Donuts à écrire l'histoire de leur vie ou qui chantent des airs de *La Traviata* debout sur un banc à Central Park.

— En d'autres termes, il y a les clones et puis il y a les clowns, dit la dame, un sourire ironique aux lèvres.

— Oui, c'est un peu ça, répond Rick.

— Et vous, vous êtes de quel côté?

— Moi ? Oh, moi, je suis un clone, bien sûr ! »

La dame éclate de rire. Un rire tranchant, cinglant, comme un glaive qui s'abat sur un bloc de glace. Et ce rire, dans lequel d'autres auraient décelé une pointe de méchanceté, Rick l'emporte avec lui comme la promesse de leur prochaine rencontre.

14

« Où allons-nous ? »

Rick lève les yeux de son journal. Voilà plusieurs semaines qu'il n'a pas vu la reine. Il lui sourit, règle l'addition et la suit vers la sortie du *diner*. C'est l'un de ces rares matins d'avril où le chant des oiseaux l'emporte sur le brouhaha de la ville. Avec un peu d'imagination et en fermant bien les yeux, on pourrait presque se croire dans un village des Catskill.

« Où allons-nous ? insiste la reine, irritée de ce que Rick tarde à lui répondre.

— On pourrait visiter Staten Island, il y a un très beau musée…

— Non, je n'aime pas les bateaux, ça me donne mal au cœur.

— Le Top of the Rock, au Rockefeller Center, peut-être ? Le temps est très clair aujourd'hui, on aura une belle vue sur Central Park, sur Wall Street, sur la rivière…

— Non, il faudra sûrement faire la queue. Je n'aime pas faire la queue.

— Non, bien sûr… Et pourquoi pas la High Line ?

Vous savez, c'est une ancienne voie ferrée du West Side qu'on a transformée en parc. C'est très joli.

— C'est trop touristique, tout ça, soupire la reine d'un air exaspéré. Montrez-moi un endroit où vous iriez vous-même. Tenez, imaginez que je suis une New-Yorkaise comme vous, que me proposeriez-vous ? »

Rick réfléchit. Tu commets impair sur impair, se dit-il. Encore un peu et tu lui suggérerais de visiter l'Empire State Building. La reine a raison. Il faut s'éloigner des sentiers battus.

« J'ai une idée », déclare-t-il finalement.

Et sans en dire plus, Rick entraîne la dame vers la 51ᵉ Rue. Arrivés au coin, ils tournent à gauche. Ils traversent la 2ᵉ Avenue et parviennent, quelques mètres plus loin, à un square ombragé, coincé entre deux gratte-ciel. À leur droite se dresse un mur de briques rouges recouvert de lierre, formant la base d'un immeuble récemment rénové. À gauche, une terrasse garnie de chaises en métal et de tables rondes surplombe une cascade tumultueuse dont le fracas étouffe la rumeur de la ville. La dame de Sutton Place s'approche. Rick la suit. Ils descendent l'escalier menant, en contrebas, vers le bassin écumant où s'écrasent les chutes. Debout, silencieux, ils contemplent le mouvement de cette masse grondante qui se découpe, de palier en palier, en crinolines scintillantes. Aveugles aux autres passants et aux employés de bureau venus s'installer sur la terrasse pour dévorer leur sandwich, la reine et Rick demeurent immobiles, les yeux fixés sur la cascade. Bientôt, sous leur regard médusé, le flot monotone ne s'écoule plus de haut en bas, mais semble surgir du sol. Défiant la gravité, on dirait une vague qui s'élève, qui n'en finit plus de monter, glissant sur la façade de pierre pour s'élancer très loin dans le ciel et se perdre en un nuage de bruine.

S'arrachant à sa contemplation, Rick jette un coup d'œil vers la reine. Son regard se pose sur son chapeau de feutre vert olive, garni d'une plume mordorée, sur ses boucles grises, sur ses joues lisses, dont les rides transparaissent, malgré le maquillage, comme les fines striures des feuilles après la première neige. Son nez fort lui paraît moins hautain qu'auparavant et sa bouche, d'habitude tendue, est empreinte d'une nouvelle sérénité. Rick oublie un moment qu'il est avec la reine. Il oublie l'honneur sans égal qui lui est accordé, il oublie la crainte de lui déplaire ou de ne pas anticiper ses désirs, il oublie même la peur des paparazzis et le souci de la protéger.

Se sentant sans doute observée, la dame se tourne vers Rick. Elle sourit.

« Je vous remercie, dit-elle avec une effusion retenue. Qui aurait cru qu'on puisse trouver, en plein cœur de Manhattan, un endroit aussi sauvage ?

— Voulez-vous vous asseoir un moment pour prendre le thé ? »

La dame regarde Rick, mi-agacée, mi-amusée. Elle aurait envie de le rembarrer gentiment : « Vous savez, ce n'est pas parce que je suis la reine d'Angleterre que je bois du thé à toute heure du jour ou de la nuit. » Mais elle se retient. Inutile de le froisser.

« Non, allons plutôt nous promener.

— D'accord, comme vous voulez… Mais il risque de pleuvoir, dit Rick d'un ton hésitant.

— Bon, eh bien, allons au musée, dans ce cas. Nous ne sommes pas très loin du MoMA, je crois ? »

15

Au musée, Rick suit la reine de loin, juste assez pour ne pas la perdre de vue. Elle s'est arrêtée devant une gravure de Lucian Freud. Cette dernière représente un jeune homme aux traits lourdement ciselés, les yeux baissés, les lèvres légèrement entrouvertes. Son visage est une façade qui s'efforce, tant bien que mal, de faire taire une vive douleur. Mais à plusieurs endroits, la peau, distendue, trahit ce combat intérieur, et à travers les craquelures et les rides s'immisce la lumière violente du passé. Rick s'approche. La reine se retourne.

« Que pensez-vous de ce portrait ? »

Rick songe aussitôt : attention, c'est une question piège. Lucian Freud a peint son portrait il y a quelques années, et la rumeur veut que la reine ne l'ait pas trouvé de son goût. Restons sur nos gardes. Il vaut mieux nous en tenir à des généralités.

« Il y a une douceur trompeuse sur ce visage, commence Rick. Il ne nous regarde pas, il nous tient à l'écart. C'est à nous d'aller vers lui, de le sonder, de l'interroger, d'explorer ce qui se cache derrière ce silence. Les personnages de Freud sont souvent comme ça. Ils sont très fiers, hautains presque. Ils ne se révèlent que si nous faisons les premiers pas. Le seul moyen de découvrir leurs failles, c'est de plonger en nous-mêmes et de nous mettre à nu. En s'esquivant, ce jeune homme nous force à nous dévoiler, à lui révéler nos propres tourments.

— Autrement dit, ce qu'il y a derrière ce visage, c'est nous ?

— Oui, c'est un peu ça. »

Rick aurait pu s'en tenir là, mais la curiosité l'emporte :

« Et vous, qu'en pensez-vous ? Ce n'est pas votre peintre préféré, il me semble ?

— Que voulez-vous dire ? demande la dame sèchement.

— Eh bien… c'est-à-dire que… je crois savoir que le portrait qu'il a fait de vous… »

La dame de Sutton Place ne comprend pas tout de suite, mais ne tarde pas à se rattraper :

« Ah oui ! Ce fameux portrait ! (Elle ne l'a jamais vu, mais n'a aucun mal à s'imaginer qu'il ne doit pas révéler la reine sous son meilleur jour.)

— On a dit que vous étiez furieuse… »

La dame sourit d'un air détaché et las.

« Vous savez, il ne faut pas croire tous ces ragots. Le tableau est ce qu'il est. À mon âge, on n'a plus besoin d'être flattée.

— Oui, mais quand même, il a exagéré un peu. Il vous a vieillie, il a fait exprès de révéler tous vos défauts et même d'en inventer. Votre regard, par exemple, il l'a rendu glacé, rude, impatient, presque méchant. Il vous a fait ressembler à une femme bafouée qui médite sa vengeance dans son coin.

— C'est vous qui exagérez. Il m'a peinte comme il me voit, c'est sa prérogative.

— Vous savez, la *vision* de l'artiste, je n'y crois pas vraiment, répond Rick en prenant de l'assurance. Il y a quand même un respect, une bienséance à observer, surtout lorsqu'il s'agit d'un modèle tel que vous.

— Je ne suis pas d'accord, répond la reine. Vous êtes trop sévère. Moi, je m'aime bien telle qu'il m'a peinte. Je me trouve plus vraie que dans tous ces tableaux qui veulent me faire ressembler à une femme joyeuse, détendue, confiante, alors qu'en réalité je ne suis rien de tout ça. On me ment sur tout. Lui, au moins, il a essayé de dire la vérité.

— Puisque vous aimez la franchise, puis-je vous dire ce que je pense vraiment ?

— Je vous en prie, dit la dame en souriant.

— Je crois que Freud a tout simplement abusé de sa réputation. Il a voulu dire : "Moi, je me fiche de l'autorité et du pouvoir. On ne peut pas m'acheter, moi ! Je ne me laisse pas influencer par la monarchie, je ne suis pas intimidé par les 'grands de ce monde'. Moi, je n'ai qu'une loi, c'est la loi de mon art !" Et pour être sûr qu'on ne l'accuse pas d'avoir été servile, il vous a ajouté des rides, vous a durci les lèvres et a mis de la haine dans votre regard.

— Oh là là, comme vous y allez ! Elle rit – un gloussement joyeux, malicieux. Vous voulez que je vous dise ? Je crois que vous êtes jaloux !

— Moi, jaloux ?

— Oui, parfaitement !

— Mais… pas du tout ! Ça n'a rien à voir. Je ne me compare pas à Freud, je vous assure.

— Vous ne vous comparez pas, mais vous êtes jaloux qu'il ait fait mon portrait !

— Non, croyez-moi, ce n'est pas ça. Je pense simplement qu'il s'y est très mal pris.

— Vous pensez peut-être pouvoir faire mieux ?

— Non… je ne prétends pas être un grand peintre… Mais si cette chance m'avait été offerte, je n'aurais pas cherché à m'imposer, j'aurais plutôt laissé le sujet se révéler lui-même, il me semble…

— Vraiment ? Eh bien, pourquoi ne pas essayer, alors ?

— Pardon ?

— Oui, puisque vous pensez pouvoir vous débrouiller mieux que lui, pourquoi ne feriez-vous pas mon portrait ? On verra bien ce dont vous êtes capable.

— Vous… Vous voudriez vraiment…

— Pourquoi pas ? Vous êtes peintre, non ?

— Mais… je ne suis qu'un illustre inconnu…

— Et alors ? Justement, ça me changera de tous ces portraits officiels qui me font ressembler à une poupée de porcelaine.

— Vous me faites marcher, n'est-ce pas ?

— Pas du tout, je suis très sérieuse. Évidemment, si ça ne vous intéresse pas…

— Non, non, ce n'est pas ce que je veux dire ! Je suis simplement étonné… Je… Ce serait un tel honneur, bien sûr… Mais…

— Vous avez peur que votre portrait me déplaise ?

— Non… Enfin, oui… Et puis, c'est surtout que j'ai arrêté de peindre depuis si longtemps…

— Ce n'est pas grave. Peindre, c'est un peu comme monter à bicyclette, non ? Ça ne s'oublie pas.

— Bien sûr, mais… je manque d'entraînement. Et… vous savez, moi, je ne peignais que des monstres et des animaux mythologiques… Des portraits, je n'en ai jamais fait.

— C'est encore mieux ! Comme ça, je serai votre premier portrait !

— Vraiment ? Vous êtes certaine ?

— Bien sûr ! Quand commence-t-on ? »

La dame et Rick se quittent à l'entrée du MoMA. En la regardant s'éloigner vers la 5e Avenue, l'artiste a le sentiment d'avoir pris un engagement immense, démesuré – Serai-je à la hauteur ? Et si le portrait est raté, que dira-t-elle ? Acceptera-t-elle encore de me voir ?

16

Lorsqu'elle ouvre la porte de l'appartement, la dame de Sutton Place voit Scarpetta courir vers elle, prêt à lui bondir dans les bras. Puis, se ravisant à la dernière seconde, le corgi s'arrête net et, tête baissée, trotte vers la cuisine. Il s'allonge devant sa gamelle vide. La dame s'approche, se penche vers lui et tend la main pour lui caresser les oreilles. Le chien s'esquive et pose sur elle un regard lourd de reproches. « Tu as faim, mon pauvre Scarpetta ! Et moi qui t'ai oublié ! Une vraie sans-cœur ! » Le corgi dévore la pâtée que s'est empressée de lui donner sa maîtresse et, après avoir bien léché sa gamelle, il court la rejoindre au salon. Mais au lieu de venir se blottir contre elle sur le canapé, comme il le fait d'habitude, il s'installe sur la moquette, au pied de la cheminée, et, la tête couchée entre les pattes de devant, la regarde d'un air hostile.

« Dans quelle histoire t'es-tu encore embarquée ? » semble lui demander le corgi. Il a raison, se dit la dame, qu'est-ce qui a bien pu me prendre ? Proposer à cet artiste oublié de peindre mon portrait !

Sur le coup, ça lui avait semblé tout naturel, pourtant. Ils parlaient de Lucian Freud, elle l'avait taquiné gentiment, et puis, par jeu, pour le provoquer, elle lui avait lancé ce défi. Elle ne s'était même pas posé la question : et s'il disait oui ?

Maintenant qu'il a accepté, il est trop tard pour se défiler. Elle a voulu s'investir entièrement dans son rôle, adhérer du mieux qu'elle pouvait à la vie de la reine, et voilà le résultat : elle doit poser pour un artiste dont elle n'a pas vu la moindre toile, elle doit s'incruster un peu plus encore dans la fiction de cet esprit fantasque. C'est cette responsabilité qui lui pèse. Rick s'attend à la revoir. Comment réagira-t-il si elle lui annonce qu'elle ne peut plus le rencontrer ? Si elle déclare que Scotland Yard ne lui permet plus ces pauses new-yorkaises, devenues trop dangereuses ? Ne risque-t-elle pas de bouleverser l'équilibre vacillant de son existence ?

Non, se dit-elle, tu exagères. Tu as tort de te donner tant d'importance. L'homme est un peu toqué, d'accord, mais les toqués retombent toujours sur leurs pattes. Ils trouvent moyen de colmater les brèches, de rapiécer le voile qui les protège de la réalité. Rick se dira : la reine est prisonnière de ses sbires, ils l'ont enfermée dans son palais, voilà pourquoi elle ne m'a pas donné signe de vie.

La dame fouille dans la pile de revues sur la table basse et en extrait un ancien numéro de *Hello !* Elle tombe sur une photo de la reine et du prince Philip, penchés au-dessus d'un berceau blanc où gît un bébé, tout vêtu de blanc lui aussi, le futur prince de Galles. La reine et son mari ne se touchent pas, mais dans leur regard il reste peut-être quelques vestiges des premiers moments où ils se sont découverts, non pas l'éclat du désir, le plaisir d'être à l'autre, mais la satisfaction paisible de répondre fidèlement à l'image du couple, telle que se la représente l'œil derrière l'appareil photo.

Cette photo lui rappelle le portrait de famille pour lequel elle-même avait posé avec Brad, peu après la naissance de leur fils, Charles. C'était une tradition, dans la famille McTavish. Tous les couples, aussitôt mariés, se rendaient à l'atelier des Williamson, peintres de père en fils, dans le Rhode Island. Seulement, dans leur cas, ils avaient dû attendre la naissance de leur premier enfant. En effet, le père de Brad s'était longtemps opposé au mariage – Quoi? Mon fils, mon seul héritier, épouser cette… cette… rien du tout? Lorsque la colère était retombée, la « rien du tout » était enceinte.

D'emblée, elle avait été traitée en étrangère dans cette grande famille de l'Upper East Side de Manhattan. Brad s'était entiché d'elle, la plus jeune d'une fratrie de neuf enfants du Queens. Plus qu'entiché. Il était amoureux. Amoureux comme on l'est à vingt ans. Amoureux comme on le demeure, lorsque les coups du destin ne nous font pas trébucher trop vite. Et son amour pour elle, en effet, n'avait jamais faibli. Qui sait? C'est peut-être ce qui avait fini par faire fléchir le père de Brad. Constatant que, chez son fils, l'ambition pesait moins lourd que les sentiments, il s'était résigné.

Il y avait mis le temps, pourtant. Au début, lorsque Brad emmenait son amie à la maison, le *pater familias* s'arrangeait pour ne pas être là. Il avait une course à faire, il était malade, ou bien il s'enfermait dans la bibliothèque en prétendant avoir une affaire urgente à régler. Et quand, par un malheureux concours de circonstances, M. McTavish se trouvait nez à nez avec la fiancée de son fils – c'est ainsi que l'appelait Brad, même s'il n'y avait jamais eu de fiançailles –, le vieil homme la saluait à peine et son regard glissait sur elle comme si elle n'avait été rien de plus qu'un de ces vases chinois qui décoraient leur salon.

C'est la mère de Brad, Emily McTavish, qui avait fini par amadouer son mari. Lui avait-elle rappelé qu'eux-mêmes, dans leur jeunesse, n'avaient pas toujours respecté l'autorité parentale ? Ou bien l'avait-elle convaincu que la fiancée de Brad, bien que peu éduquée, avait les qualités d'une bonne mère de famille ? Toujours est-il que l'été suivant leur rencontre, la dame de Sutton Place avait été invitée à passer une semaine dans la villa des McTavish à Southampton – un privilège réservé aux intimes de la famille. C'est là qu'elle était tombée enceinte et, pour éviter le scandale, le mariage avait eu lieu sans grande pompe, trois mois plus tard, à l'église St. Brigid, dans l'East Village.

Quant au portrait, c'est un souvenir qu'elle a si souvent ressassé, sur lequel sont venus s'échouer tant de regrets, tant d'espoirs inavoués, qu'il n'en demeure qu'une impression lisse et fade, comme un galet débarrassé de ses aspérités, arrondi par le vent et le ressac. Quelques mois après la naissance de Charles, Brad et elle avaient loué une chambre dans un hôtel de Narragansett, le village du Rhode Island où habitait le peintre. Ce séjour leur avait tenu lieu de lune de miel. Une lune de miel à trois, puisque, réveillée dès l'aube, elle allaitait Charles, puis, aussitôt lavé et changé, le posait dans son landau pour leur promenade matinale. Brad l'accompagnait et, quand le bébé s'endormait, ils en profitaient pour s'asseoir un moment au bord de la mer. Le regard ensommeillé, ils partageaient leurs rêves. Brad était décidé à monter sa propre affaire – laquelle, il ne le savait pas encore – pour échapper à l'emprise de son père. Elle voulait entreprendre des études d'infirmière et voyager.

Vers onze heures, ils se rendaient chez Williamson pour leur séance du matin. Ce dernier leur faisait prendre place sur une causeuse, près d'une grande baie vitrée. Elle tenait Charles dans ses bras et devait lui sourire avec une « tendresse maternelle ». Quant à Brad, le peintre lui faisait poser la main sur l'épaule de son épouse et lui demandait de tourner la tête vers l'enfant. C'est ainsi que le portrait, une fois achevé, les avait représentés, une sainte famille moderne, les regards des parents convergeant vers le Sauveur endormi. Pourtant, lorsque, des années plus tard, animée par une angoisse nostalgique, elle se lançait à la poursuite de ce souvenir, c'est elle que Brad regardait. Elle se revoyait assise dans l'atelier de Williamson, immobile, respirant le plus lentement possible pour ne pas réveiller Charles, et elle sentait sur son visage, comme une lumière, comme une brise ardente, le regard de son mari. Ce qui la faisait exister, alors, ce n'était pas d'avoir donné la vie, mais de posséder l'amour de cet homme, un amour qu'elle était incapable de lui rendre, mais qu'elle avait accueilli, entier, en elle, et qui l'illuminait de l'intérieur.

Maintenant qu'elle s'apprête à poser pour Rick, elle aurait envie de revoir ce premier portrait. Il lui semble que, malgré la mise en scène figée que leur avait imposée Williamson, une infime lueur dans les yeux de Brad s'était peut-être faufilée vers son visage. Elle a l'impression que cette confiance dont il l'avait enveloppée, elle pourrait encore en découvrir les vestiges et y puiser la force d'oublier ses trahisons et son désœuvrement. Mais le tableau se trouve dans la maison des McTavish, sur la 5e Avenue et, depuis la mort de Brad, elle n'y est jamais retournée. On lui a fait comprendre qu'elle n'est pas la bienvenue. Aux yeux de ses beaux-parents, cela fait bien longtemps qu'elle est redevenue la « rien du tout du Queens ».

17

Au début, il n'ose pas, mais Rick finit par demander à la reine de le regarder dans les yeux. Ils se sont donné rendez-vous au sommet de Cedar Hill, à Central Park. Rick l'a fait asseoir sur une chaise pliante. Pour la circonstance, la dame a décidé de revêtir un ensemble vert pomme à large col, semblable à celui qu'elle a vu la reine porter sur la photo d'un récent numéro de *Hello!* Par chance, elle a trouvé dans l'un de ses tiroirs un sac à main et des gants de soie de la même couleur. Les chaussures – des ballerines d'un vert pastel – ne sont pas assorties, mais ce n'est pas grave, lui a expliqué Rick, puisqu'il ne peindra que son buste.

La dame, obéissante, lève les yeux vers le peintre. Il s'affaire derrière son chevalet, ajuste la position de la toile, qu'il juge mal centrée, la relève légèrement, puis la rabaisse. Il sort de son sac à dos une multitude de tubes de peinture et, sur la palette qu'il tient dans sa main gauche, dispose une couronne de couleurs : du rouge, du blanc, du bleu, un peu de noir, tout ce qu'il faut pour faire un visage. Son regard va et vient de la reine à la palette. Mais la peau de son modèle est d'une teinte difficile à saisir. C'est peut-être la lumière. Trop de soleil. Il propose de déplacer la chaise de quelques mètres, là, plus près de l'arbre. La dame, conciliante, suit les instructions du peintre. Elle incline la tête un peu à droite, non, plus à gauche… voilà ! Parfait ! Rick retourne à son chevalet, tente un nouveau mélange, un peu plus de rouge… C'est mieux, mais ce n'est pas encore tout à fait ça. Il recommence, s'impatiente, s'approche de la reine pour mieux évaluer la texture de sa peau, retourne à sa toile, fouille frénétiquement dans son sac, en extrait un autre tube de peinture, du jaune cette fois, tente vainement d'en dévisser le capuchon, s'obstine, s'énerve, le prend finalement entre ses dents, ça y est, il y arrive enfin, mais il serre le tube trop fort, la peinture gicle, son visage en est couvert.

La dame éclate de rire. C'est un rire doux, un rire qu'elle tente de contenir, mais qui s'amplifie. De petites cascades qui s'enchaînent, se répondent, se chevauchent. Elle a peur de le vexer, bien sûr. Alors, elle se couvre gracieusement la bouche, penche la tête en avant, respire de toutes ses forces.

Rick regarde la dame, tout en s'essuyant le visage. Perplexe, il comprend qu'il serait inconvenant de montrer sa mauvaise humeur. La reine ne lui doit rien, après tout. Qui est-il pour la juger ? Et puis, son rire n'a rien de méchant. Un peu malicieux, à la limite, mais pas méchant.

« Je suis vraiment désolée, dit finalement la dame. Allez-y, continuez… Ne faites pas attention à moi, ça va passer. »

Elle se ressaisit et reprend la pose, la tête inclinée vers la droite, le regard de nouveau serein. Mais le calme qui a succédé à cet éclat de joie leur paraît étrange. Malgré le murmure du vent dans les feuillages, malgré les cris des enfants qui jouent non loin de là, malgré la rumeur lointaine des voitures, tout ce qu'ils entendent, c'est le silence. Rick a finalement trouvé la bonne couleur, mais il hésite à donner le premier coup de pinceau. C'est la reine que tu peins. C'est la reine… Son visage… Ses yeux. Cette seule pensée le paralyse. Ce regard si noble, comment le rendre ? Par où commencer ? Il contemple la toile blanche comme s'il s'agissait d'un être vivant, comme si chaque coup de pinceau devait être une blessure, violant les lois de la Création.

La dame semble deviner ce qui le tourmente.

« Allez-y, n'ayez pas peur. Oubliez donc qui je suis. »

Rick ferme les yeux, sourit. Le pinceau rencontre enfin la toile. C'est le début, l'ombre sous les yeux, sur la joue, au-dessus des lèvres.

« Vous savez, reprend la dame, je préférerais que vous me peigniez joyeuse. Dans tous les portraits officiels, même lorsque je souris, j'ai l'air très sévère.

— Oui, bien sûr… C'est d'ailleurs comme ça que je vous vois, toujours sur le point d'éclater de rire », répond Rick en souriant.

La reine réfléchit.

« Et pourquoi je ne rirais pas, justement ?

— Je vous demande pardon ?

— Oui, pourquoi ne pas me représenter en train de rire ?

— Je… Je ne sais pas… Ce n'est pas très classique.

— Justement ! Je ne veux pas d'un tableau classique. Je veux me voir telle que je suis en ce moment, libérée de mes soucis, de mes devoirs…

— Je comprends… Mais vous savez, le rire et la peinture… ça ne va pas forcément très bien ensemble.

— Pourquoi ?

— Eh bien… C'est difficile à expliquer… Peut-être parce que le rire est trop éphémère. C'est de l'instant pur. Un portrait, il faut qu'on y sente la durée, le poids du temps.

— Pourtant, il y a beaucoup de portraits qui semblent prendre leur sujet par surprise. Même chez les "grands maîtres", on a parfois le sentiment que le personnage est sur le point de s'éclipser…

— Oui, c'est vrai. Il y a sûrement autre chose… C'est peut-être aussi que le rire est dénué de nuance. Ce qui manque, dans le rire, c'est l'hésitation, le doute. Il faut du non-dit pour pénétrer dans un tableau. Autrement, sans cette ambiguïté, celui qui contemple l'œuvre en demeure à jamais exclu. Quand il n'y a rien à interpréter, quand tout est révélé, l'observateur n'a aucun rôle à jouer. Et puis… il y a les dents…

— Les dents ?

— Oui, qui dit rire dit dents. Et les dents, vous comprenez, c'est mort. Chez un être humain, c'est la peau qui parle.

— Bon, je n'insiste pas, c'est vous l'expert. Faites-

moi donc une bouche sérieuse. Mais dans ce cas, don-
nez-moi au moins des yeux qui rient. »

Rick observe la reine. Bien sûr, se dit-il, elle a trouvé
la solution. Mais des yeux qui rient, c'est tellement plus
difficile à peindre qu'un éclat de rire.

18

Deux semaines plus tard, la reine et Rick se retrouvent au bord de Harlem Meer, à l'extrémité nord de Central Park. Une brise fraîche souffle dans les roseaux, les cris des enfants, au loin, émergent de temps à autre au-dessus du brouhaha de la ville. Rick fait asseoir la reine le dos au lac. Celle-ci l'observe qui installe son chevalet, y positionne la toile, prépare ses pinceaux. La brume matinale qui s'élève de l'étang confère à ses gestes la lenteur calculée des rêves.

Cette fois, la dame de Sutton Place a emmené Scarpetta avec elle. Dès qu'elle lui ôte sa laisse, le corgi dresse la tête vers Rick et se met à grogner. D'un pas sûr et précis, les yeux ardents, comme s'il venait de repérer une proie, il s'approche de l'artiste, puis, les oreilles frémissantes, il se met à tourner autour de lui. Rick n'ose plus bouger. Il regarde la reine d'un air implorant. Celle-ci finit par appeler Scarpetta et, pour la forme, le gronde en le menaçant de le ramener à la maison s'il ne se tient pas tranquille.

« Je regrette, explique-t-elle à Rick, je ne sais pas ce qu'il a aujourd'hui. Il s'est réveillé de très mauvais poil.

— Ne vous en faites pas, dit Rick tout en se mettant à l'œuvre, il n'est pas encore habitué à moi. Il faut sans doute lui donner le temps…

— C'est possible… Mais vous savez, Scarpetta est très jaloux. Il suffit que je sois avec un homme, et tout de suite, il a l'impression qu'il doit me protéger.

— C'est peut-être aussi New York…

— Non, à Londres, c'est pareil. Les corgis sont des créatures difficiles, vous savez. On dit souvent qu'ils ont mauvais caractère. C'est un peu vrai. Mais surtout, ils sont incapables de partager. Une fois qu'on s'attache à l'une de ces créatures, elle vous reste fidèle toute sa vie et elle ne tolère aucune concurrence.

— Ça ne vous a jamais posé de problèmes ?

— Si. Surtout au début, avec mon mari. Il ne comprenait pas mon affection pour ces bêtes. Mais dans un monde de conventions et de protocole, le seul moyen de retrouver un peu de liberté, c'est avec les animaux.

— Votre corgi, c'est donc une sorte de refuge ?

— Non, pas un refuge, plutôt un témoin. Un être qui me prouve que je suis encore capable de spontanéité et que, malgré ma vie enrégimentée, j'ai parfois le loisir de ne pas réprimer mes sentiments. Tenez, il y a plusieurs années, peu après la naissance de mon fils aîné, nous avons posé pour l'un de nos premiers "portraits de famille". Mon mari et moi étions assis côte à côte sur une causeuse, dans mon antichambre, à Windsor. Charles avait trois ou quatre mois et je le tenais, endormi, dans mes bras. Philip souriait, sa main droite sur mon épaule, ses yeux posés sur mon visage. Je n'ai jamais aimé ce portrait. Pas seulement parce que nos poses semblaient si peu naturelles, mais aussi à cause de l'inquiétude qui se lisait sur mon visage. Lorsque je l'ai revu, il y a quelques années, à Balmoral, où il a été relégué, je me suis demandé d'où me venait cet air soucieux, ces sourcils froncés, cette bouche pincée. C'est en examinant mon regard, fixé sur un coin de la chambre, à l'extérieur du tableau, que je me suis souvenue de la scène : l'un de mes corgis ne cessait de sauter sur mes genoux, comme s'il voulait, lui aussi, faire partie du portrait. Le peintre avait mis son veto et la pauvre bête s'était installée à contrecœur à l'extrémité de la pièce. Tout l'après-midi, elle avait fixé sur moi ses grands yeux noirs. Vous savez ce qui m'a fait le plus de peine en revoyant cette peinture ? C'est que, toute préoccupée par mon corgi boudeur, je n'ai pas senti sur mon visage le sourire de mon mari et la tendresse de son regard. J'étais trop absorbée pour comprendre que, sans dire un mot, il cherchait à m'entraîner vers lui, à me montrer ce qu'ensemble nous aurions pu devenir… »

À ce moment, Rick, sentant une présence derrière son dos, se retourne brusquement. Deux hommes de haute stature, fin vingtaine, vêtus de noir, le regardent en souriant. L'un d'eux tient à la main un appareil photo. Rick pense aussitôt : des paparazzis ! Ils ont fini par nous repérer, ces salopards ! Il s'empresse de poser sa palette et, les mains sur les hanches, s'approche des deux individus d'un air menaçant :

« Je peux vous aider ? »

Les deux hommes, qui dépassent Rick d'une tête, se regardent, perplexes. Rick poursuit :

« Ne faites pas les innocents, je sais très bien pourquoi vous êtes ici. Vous n'avez pas honte ?

— *¿Perdón, que dice? Lo siento, no comprendo…* »

Les deux individus, de toute évidence des touristes, haussent les épaules en signe d'impuissance.

« Vous me prenez pour un imbécile ? poursuit Rick, qui sent la colère le gagner. Montrez-moi votre appareil photo. Vous allez m'effacer tout ça immédiatement ! »

Les deux hommes se contentent de sourire béatement. Rick s'impatiente. Désignant l'appareil photo du doigt, il gesticule avec le pinceau qu'il tient encore à la main et insiste :

« Photos ! Pho-tos ! Vous comprenez ? Effacez photos ! Plus photos ! Pho-tos : fini, basta, kaput ! Sinon, vous aurez affaire à moi, vous comprenez ? »

Les deux jeunes continuent de l'observer, confus, abasourdis. Rick s'approche alors et tente de s'emparer de l'appareil. Le premier homme s'écarte vivement, tandis que son compagnon étend le bras pour repousser Rick gentiment. Mais celui-ci n'est pas prêt à battre en retraite. Il s'obstine :

« Vous allez me donner votre appareil séance tenante ! J'exige de voir les photos que vous avez prises ! »

Les deux hommes en ont assez. Ils tournent les talons et s'éloignent vers la 5e Avenue. Rick se lance à leur poursuite.

« Eh, là ! Arrêtez ! Je vous parle ! Vous savez que c'est interdit, ce que vous faites ? Vous n'avez pas le droit de photographier les gens sans leur consentement. Encore moins cette noble personne, déclare le peintre en étendant la main vers la dame. Dites-moi, vous m'entendez ? »

Et comme les deux hommes font mine de l'ignorer, Rick tire l'un d'entre eux par la manche. Ce dernier se retourne et repousse Rick, beaucoup plus violemment cette fois.

« *¡Déjame, cretino !* »

Mais notre peintre n'est pas homme à abandonner la partie si facilement. Il rattrape les deux quidams et, se plantant devant eux, bras écartés, leur jette un regard furieux :

« Stop ! Vous ne passerez pas tant que vous n'aurez pas effacé vos photos ! Sinon, je vous préviens, j'appelle la police ! »

C'en est trop. La patience des deux Espagnols est à bout. L'homme à l'appareil photo frappe le bras de Rick, tandis que l'autre le bouscule si brutalement que l'artiste tombe à la renverse, heurtant son crâne contre un rocher. Puis, ils s'éloignent sans demander leur reste. La dame accourt aussitôt, suivie de Scarpetta. Elle se penche vers l'artiste et l'aide à se relever.

« Ils ont… Ils ont pris des photos, il faut… il faut à tout prix…

— Calmez-vous, dit la dame en posant sa main sur le bras de Rick. Attendez-moi là, je reviens. »

La dame rattrape les touristes au coin de la 5e Avenue et de Central Park North. Elle revient quelques minutes plus tard et trouve Rick assis sur un banc, tenant un mouchoir contre sa tempe.

« Ça y est ! déclare-t-elle. C'est réglé !

— Ils ont effacé les photos ?

— Oui, oui… Et puis, je leur ai expliqué qu'il s'agissait d'un malentendu, que je n'étais qu'une New-Yorkaise ordinaire…

— Ils vous ont crue ?

— Bien entendu ! Au début, ils semblaient hésiter un peu, mais quand je leur ai montré mon faux passeport, ils se sont bien vite rendus à l'évidence.

— Vous… Vous avez un faux passeport ?

— Il faut bien ! Dans des cas comme celui-ci, c'est très utile. »

Pendant ce temps, le corgi s'est approché de Rick et lui renifle les chaussures. Puis il saute sur le banc et s'assoit à côté de lui. Rick, doucement, pose la main sur son cou et lui caresse les oreilles.

« Eh bien, on dirait que vous avez fini par conquérir Scarpetta ! » déclare la dame en souriant.

Sans lui laisser le temps de répondre, elle enchaîne en le prenant par le bras :

« Bon, maintenant, essayons de trouver un café. Nous devons nous occuper de votre blessure. »

19

La reine et Rick traversent Central Park vers le Reservoir et, arrivés à la hauteur de la 79e Rue, longent Central Park West. Dans Amsterdam Avenue, ils finissent par trouver un Starbucks et s'attablent dans un coin sombre du café. La dame commande deux thés et un verre d'eau fraîche.

« Montrez-moi un peu votre front. »

Rick pose les coudes sur la table et approche son visage de celui de la dame. Celle-ci trempe un mouchoir dans le verre d'eau et nettoie la tempe de Rick.

« Ce n'est qu'une coupure légère, heureusement », dit-elle en souriant.

Puis, prenant un air plus grave :

« Vous avez eu de la chance. Ils auraient pu vous casser la figure. Promettez-moi de ne plus recommencer.

— Mais... vous avez bien vu... Ce sont des... proteste Rick.

— Je sais, je sais, l'interrompt la dame. Mais la prochaine fois, laissez-moi faire. Je n'ai pas envie que vous vous retrouviez à l'hôpital. Moi, j'ai l'habitude. Je sais comment leur parler. »

Rick acquiesce, l'air contrit. Scarpetta est venu s'asseoir à ses pieds, réclamant un câlin. L'artiste l'observe, surpris. Est-ce une ruse? Ou bien le corgi cherche-t-il réellement à se réconcilier?

« Puis-je vous poser une question? demande Rick après un long silence.

— Bien sûr.

— Pourquoi ce nom, Scarpetta?

— Kay Scarpetta, c'est le nom du médecin légiste, l'héroïne des romans de Patricia Cornwell.

— Vous aimez les romans policiers?

— Oui, mais de moins en moins. Quand j'étais plus jeune, j'adorais Agatha Christie. Ce qui me séduisait, c'était la logique de ses histoires. Au début, on est comme dans un labyrinthe, on est confus, on s'égare, on spécule, on fait sans cesse fausse route. Et puis, à la fin, d'un seul coup, tout prend un sens. On saisit pourquoi le candélabre ne pouvait être l'arme du meurtre et comment l'assassin a pu disparaître sans laisser de traces. Le labyrinthe devient une cathédrale, où tout est à sa place, où chaque détail participe à l'harmonie de l'ensemble.

— Et maintenant?

— Maintenant, j'ai cessé de vouloir tout comprendre. Je suis moins assoiffée de certitudes. C'est décevant, un livre, lorsque rien n'est laissé à l'imagination du lecteur, vous ne trouvez pas?

— Oui, sûrement… Et les corgis… Vous n'avez jamais voulu avoir d'autres chiens que des corgis?

— Non. »

La reine soupire, les yeux fixés sur sa tasse.

« C'est à cause de mon père. Il m'a offert mon premier corgi pour mes dix-huit ans. Elle s'appelait Susan… Nous étions inséparables. Elle m'a même accompagnée lors de mon voyage de noces. Elle est morte à Sandringham… C'est là, d'ailleurs, qu'elle est enterrée. Vous savez que Scarpetta est sa descendante ? Cinq générations plus tard… la mémoire de Susan vit encore. »

La dame constate avec satisfaction que Rick l'observe, captivé. Sa performance est convaincante. Ces longues heures passées à lire *Hello !* et la dernière biographie de la reine auront été utiles, après tout. Comme une actrice, elle-même émue par les larmes qu'elle provoque en jouant la mort de son personnage, la dame poursuit :

« Depuis Susan, je n'ai jamais eu que des corgis. D'abord parce que ce sont des chiens très intelligents. Mais aussi par fidélité à son souvenir. »

La dame s'assombrit. Ce mot, *fidélité*, lui paraît étrange. Il tranche sur sa propre vie. Ce court moment d'intimité qu'elle vient d'offrir à Rick lui révèle l'ampleur de son imposture. Jouer à la reine est une chose. Elle peut bien prétendre aimer les chevaux, la chasse à courre et les scones à la confiture. Il ne lui coûte rien de broder des conversations fictives avec le premier ministre britannique ou le secrétaire général du Commonwealth. Mais s'approprier les sentiments de la reine, entreprendre de réécrire sa propre histoire en y infusant des vertus – le sens du devoir, le respect des traditions et, plus que tout, la fidélité – qui ne sont pas les siennes, ce n'est plus de l'imposture, c'est du pur mensonge. Car ce n'est pas seulement Rick qu'elle trompe, c'est elle-même. C'est son propre passé, avec ses mesquineries et ses lâchetés, que la dévotion béate de Rick lui permet de blanchir. Vite, il faut changer de sujet, sinon elle finira par se trahir.

« Et vous ? À quoi êtes-vous fidèle ?

— Moi ? répond Rick, étonné. Je ne sais pas… Pas à la peinture, en tout cas ! »

La dame sourit.

« Et aux femmes ?

— Vous savez, j'ai passé l'âge de plaire aux femmes.

— Mais avant, pendant vos années de gloire ?

— Avant, peut-être. Je voulais être fidèle. Pour moi, ça allait de soi. Vous comprenez, j'ai passé mon adolescence à rêver… Je ne voulais qu'une chose : tomber amoureux. C'était une obsession. Dans ma tête, je répétais *ad nauseam* les mêmes scénarios, je m'enivrais de regards langoureux, de grands mots vides et passionnés… Quand l'amour devient la réponse à toutes les questions, c'est très dangereux. On se croit capable de résister à tout. Et lorsque ça nous arrive enfin, on se rend compte qu'on est comme tous les autres. Il suffit d'une petite déception et, tout de suite, on regarde ailleurs…

— Je ne comprends pas. Vous avez voulu être fidèle mais ne l'avez pas été ?

— Oui, c'est un peu ça.

— La "cruelle demoiselle" dont vous me parliez au musée, c'est elle que vous avez trompée ? »

Rick hésite un moment. Ses doigts jouent nerveusement avec l'étiquette du sachet de thé, qu'il n'a toujours pas retiré de la tasse.

« Oui, c'est elle… Mais c'est du passé. C'est loin, tout ça.

— Vous ne voulez pas me raconter ?

— Si. Mais… je ne crois pas que ça vous intéressera. C'est une histoire très banale.

— Allez-y toujours, on verra bien.

— Elle n'était absolument pas une "cruelle demoiselle". C'est moi qui ai été au-dessous de tout.

— Elle était peintre, elle aussi ?

— Oui… Enfin, elle faisait surtout de la sculpture. Nous fréquentions les mêmes cafés, les mêmes bars. Peut-être était-ce un effet de la fascination qu'elle exerçait sur moi, mais j'avais l'impression que partout où elle allait, il n'y avait d'yeux que pour elle. Les conversations, les rires et les hommes, tout semblait graviter autour de sa personne. Je n'avais jamais entendu sa voix que de loin, mais tout ce qu'elle disait paraissait captiver son auditoire. Elle taquinait l'un, posait sa main sur le bras de l'autre, et tous, ils la regardaient, ils buvaient ses paroles, comme si elle avait été une star de cinéma.

— Autrement dit, elle avait sa cour ?

— Oui, c'est exactement ça. Mais, étrangement, sans la connaître, j'avais le sentiment qu'elle n'en dépendait pas. Il se dégageait d'elle une telle énergie, une indépendance si farouche qu'il me paraissait naturel qu'elle puisse entièrement se passer des autres. Elle avait une façon de s'habiller, par exemple… Elle était toujours dans le ton sans pour autant se soucier du goût du jour. Elle n'achetait que des vêtements d'occasion, mais trouvait moyen de les porter avec l'allure d'une grande dame. Ce qui la distinguait, c'est qu'elle osait. Les grands chapeaux à plumes, les escarpins dorés, les gants de velours noir, rien ne lui faisait peur. Elle se promenait le matin en robe du soir, faisait ses courses en sarong et se présentait aux vernissages en espadrilles. Le regard des autres la laissait parfaitement indifférente – en apparence, du moins.

— À vous entendre parler d'elle, on dirait que vous êtes encore amoureux…

— Non… Ça fait plus de trente ans, vous savez…

— Ça ne fait rien. Il y a des sentiments qui sont très tenaces. Mais je vous ai interrompu… Comment vous êtes-vous décidé à lui parler ?

— Ce n'est pas moi qui ai fait les premiers pas, mais elle. C'était à mon premier vernissage. Le propriétaire était l'un de ses amis et l'avait invitée. À la fin de la soirée, elle est venue vers moi et m'a dit en souriant : "Partout où je vais, vous me regardez avec tellement d'insistance, j'ai l'impression de vous connaître déjà." Je ne sais plus si ce sont ses paroles exactes, mais elles ont résonné dans ma tête les jours suivants, et je doute que ma mémoire me trompe. Devant mon désarroi, elle s'est mise à me parler de l'exposition, plus par politesse que par intérêt réel, et, comme si de rien n'était, m'a invité à prendre un verre avec des amis.

« Je n'ai qu'un souvenir très vague de cette soirée. Elle nous avait emmenés dans un de ses bars préférés,

Apothéke, dans Chinatown, un endroit dont les murs, décorés de fioles et de bocaux, rappelaient vaguement les pharmacies parisiennes du XIXe siècle et où les barmans vous servaient en sarraus blancs. Elle avait, comme d'habitude, son petit club réuni autour d'elle. J'étais l'artiste du moment, mais aussi l'étranger, et, au-delà de quelques questions polies, personne ne m'adressait la parole.

— Vous ne m'avez toujours pas dit comment elle s'appelait, interrompt la dame.

— Christelle. Sa mère était française, mais ses parents s'étaient séparés lorsqu'elle était très jeune et elle avait été élevée par son père, à New York. Elle aimait bien que je dise son nom à la française. Elle trouvait que la prononciation américaine – *Crystal* – ne lui allait pas du tout. Le cristal, ça évoque le luxe, le raffinement, la pureté, et elle était le contraire de tout ça.

— Alors, ce soir-là, vous vous êtes contenté de la regarder ?

— Oui. Je n'appartenais pas au cercle des initiés et je ne comprenais pas bien de quoi ni de qui ils parlaient. Il s'agissait d'une telle qui ne sortait plus avec un tel et d'un tel qui avait envoyé balader sa copine après une beuverie à Brooklyn. Ayant été fasciné par Christelle de si loin et pendant si longtemps, je m'étais imaginé qu'elle ne pouvait dire que de grandes choses sur l'art et la création. J'étais un peu étonné de l'entendre demander "Quelqu'un a du feu ?" ou "Qui veut un dernier cognac ?". J'avais toujours le sentiment qu'il devait se trouver un sens caché dans la moindre de ses paroles.

— Manifestement, vous n'étiez pas le seul à être tombé sous son charme…

— Non, bien sûr. Et encore aujourd'hui, j'avoue que ça demeure un mystère.

— Pourquoi? Elle n'était pas belle?

— Si, elle était très attirante, mais, comment vous dire, on n'aurait pas pu expliquer pourquoi. Elle avait des lèvres minces, un nez trop long, des yeux sévères… Et pourtant, la coexistence sur son visage de ces imperfections formait une étrange harmonie. Vous la regardiez et vous aviez l'impression que cet équilibre allait se rompre à tout instant. On ne savait jamais si elle était sur le point de fondre en larmes ou d'éclater de rire. C'est cette incertitude, je crois, qui me séduisait. »

La dame ne peut s'empêcher de sourire, même si elle sait que Rick risque de mal la comprendre.

« Vous parlez d'elle comme si vous l'aviez vue pas plus tard que la semaine dernière.

— Je sais ce que vous pensez. J'ai l'air d'être encore très attaché à elle. Mais je vous assure, ce n'est pas d'elle que je suis amoureux, c'est de mon passé. »

Rick déchire deux sachets de sucre, les verse dans son thé, approche lentement les lèvres de la tasse et grimace au contact du liquide brûlant.

« Je dois vous dire, cependant, qu'après cette soirée dans Chinatown, je ne m'attendais pas à la revoir. Christelle n'avait fait aucun effort pour m'intégrer à la conversation du petit groupe et m'avait à peine salué au moment de partir. À tel point que je me demandais pourquoi elle m'avait invité à me joindre à eux. Deux jours plus tard, pourtant, elle m'a laissé un message par l'entremise du propriétaire de la galerie. Nous nous sommes donné rendez-vous dans un café près de Washington Square. J'ai appris qu'elle était étudiante en histoire de l'art à la NYU et travaillait comme serveuse les fins de semaine dans un bar d'East Village. Elle avait passé sa petite enfance en Floride, et avait vécu un peu partout dans le monde, trimbalée d'un pays à l'autre par son père diplomate.

« Je ne savais toujours pas ce qu'elle me trouvait, mais, pour ma part, j'étais fasciné par tout ce qui émanait d'elle : sa voix – trop grave pour un corps si menu –, ses gestes gracieux lorsqu'elle saupoudrait de cannelle la mousse de son cappuccino, et surtout son rire, à la fois moqueur et tendre. Et puis, ce qui me la rendait attachante aussi, c'est ce que beaucoup d'hommes étaient incapables de tolérer : un immense désir de liberté, une détermination à la fois naïve et intransigeante à n'appartenir à aucun parti, aucun mouvement, aucune tendance. Elle pouvait, sans transition, défendre l'euthanasie et traiter les pro-choix d'assassins. Les hommes politiques lui inspiraient tous le même mépris, qu'ils soient de grands tyrans ou de grands démocrates. Ses goûts étaient éclectiques, imprévisibles, intempestifs. Elle vantait avec le même enthousiasme les talents d'Isabelle Huppert et de Goldie Hawn, se déclarait une "inconditionnelle" de U2 et de Brahms, citait aussi volontiers Shakespeare que Stephen King. Et quand elle sentait qu'on cherchait à la coincer, elle n'hésitait pas à se contredire et à condamner avec véhémence un jour ce qu'elle avait défendu passionnément la veille.

« En fait, je l'ai compris bien plus tard, pour Christelle, on ne pouvait être libre qu'en se libérant. Il fallait sans cesse surmonter de nouveaux obstacles, défier les conventions, briser les règles, quitte à les inventer soi-même, pourvu seulement qu'on passe de la prison au grand air, du ronron à l'éblouissement. En somme, avec Christelle, on ne savait jamais sur quel pied danser, et c'est justement ça qui me plaisait. »

Rick s'interrompt de nouveau. Il verse un sachet de sucre dans sa cuillère, la trempe à la surface du thé, puis la porte à ses lèvres. Il s'arrête juste à temps : où sont donc passées ses bonnes manières ? Il pose maladroitement la cuillère sur la table et reprend :

« Nous nous sommes revus plusieurs fois. Nous allions prendre un café dans les jardins du MoMA ou bien nous passions l'après-midi dans mon atelier. Elle aimait me voir travailler. Lorsque je lui demandais son opinion sur l'une de mes toiles, elle ne s'étendait jamais. Elle déclarait simplement, d'un ton péremptoire : "J'aime" ou "J'aime pas".

— Et les courtisans de Christelle, que pensaient-ils de votre relation ?

— Je les voyais rarement. De temps à autre, nous sortions en groupe le samedi soir. Mais entre les cours de Christelle et son travail, nous n'avions que peu de temps à nous. En général, c'était le mardi. Vers la fin de la matinée, je retrouvais Christelle à l'université et nous passions le reste de la journée ensemble. Nous avions toujours hâte de nous revoir.

— En somme, vous étiez comblé?

— Oui, ça a duré six mois.

— Et puis?

— Et puis… j'ai tout gâché… Nous étions très proches… Mais… Christelle voulait attendre. Nous devions, selon elle, nous préserver pour plus tard…

— Et vous étiez d'accord?

— Oui, en principe. Mais… j'ai été stupide…

— Vous vous êtes laissé tenter?

— Oui, c'est un peu ça…

— Lorsque l'occasion s'est présentée avec une autre… vous n'avez pas dit non, c'est ça?

— Oui, répond Rick d'un air penaud.

— Christelle l'a su?

— Oui.

— Et elle n'a plus voulu vous revoir?

— Voilà. J'ai tout gâché, répète Rick. Je sais ce que vous pensez : c'est bien les hommes. Ils sont incapables d'attendre. Il suffit qu'on leur dise non, et tout de suite, ils regardent ailleurs.

— Peut-être, répond la dame. Mais vous savez, les femmes aussi sont comme ça, parfois… Et c'est à ce moment que vous avez commencé à chuter?

— Oui, je me suis mis à boire. Je pensais sans cesse à Christelle. Je lui téléphonais, je lui écrivais… Mais elle ne voulait rien savoir. Pour elle, quand c'était fini, c'était fini. J'ai cherché refuge dans la peinture, mais j'en avais assez des toiles apocalyptiques, des monstres et des ruines. Je me suis lancé dans un projet insensé : des milliers de visages miniatures, peints à l'encre de Chine. J'en dessinais partout, dans mes carnets, sur des pages de journal, sur les murs de ma chambre. Des visages tous différents – jeunes ou vieux, joufflus ou malingres, moustachus ou imberbes –, mais qui tous avaient le même regard désespéré, comme s'ils avaient la tête penchée vers l'abîme. Ces peintures n'intéressaient personne (elles étaient "invendables", selon le directeur de la galerie où j'avais l'habitude d'exposer). Mais je m'obstinais à continuer sur cette voie, je sortais de moins en moins, et, peu à peu, je me suis laissé oublier.

— Elle n'aurait pas dû partir, dit la dame, pensive.

— Que voulez-vous dire ?

— Vous avez été infidèle, mais si elle avait tenu à vous, elle aurait dû rester.

— Je vous l'ai dit, elle n'était pas du genre à pardonner. C'était tout ou rien. Elle n'était prête à aucune concession.

— Vous voulez que je vous dise ? Je crois qu'on se fait une trop haute opinion de la fidélité. Quand on est jeune, on s'imagine qu'être trompé, c'est la fin du monde. On prie pour que ça ne nous arrive pas, on est certain que rien ne pourrait réparer une telle offense. Et puis, ça nous arrive. Au début, on a mal. On jure de se venger. On se venge. On le regrette aussitôt. On déteste l'autre, et après, c'est soi-même qu'on hait. Mais le temps aidant, on finit par s'habituer au chagrin. Les années passent. On a peur de rester seul, alors on s'accommode. On se convainc que notre amour est transformé, qu'il est plus fort, ou tout au moins plus sage. »

Rick n'ose regarder la dame dans les yeux. D'où peut bien venir un tel cynisme ? Sa compagne poursuit :

« C'est plus tard que la douleur revient. Pour l'infidèle, surtout. Ce qu'il comprend, avec l'âge, c'est qu'il est pire de tromper que d'être trompé.

— Même si l'autre ne l'apprend jamais ?

— Surtout s'il ne l'apprend jamais. Pour l'infidèle, chaque année qui passe l'éloigne un peu plus de l'image qu'il aimerait emporter de lui-même. Cette distorsion menace tout ce qu'il a construit. Parce qu'ultimement c'est avec nous-mêmes que nous devons nous réconcilier. Nous cherchons à être entiers, un peu comme votre Christelle. Mais comment ne pas apercevoir toutes ces petites failles que nous laissons derrière nous ? Comment ne pas reconnaître que nos trahisons entament le beau portrait que nous inventons de nous-mêmes ? »

Rick lève les yeux vers la dame, confus. Ses traits tirés, son sourire oscillant entre l'amertume et l'ironie, sont ceux d'une femme que le passé n'a pas entièrement abandonnée. Se pourrait-il qu'elle ait cherché à lui révéler, elle aussi, un petit morceau de sa vie ? Non, c'est absurde. La reine ne prendrait pas de tels risques. Elle sait bien qu'elle ne doit jamais parler d'elle-même. Et pourtant... Ce pessimisme ne viendrait-il pas de sa propre expérience ? À mots couverts, ne l'invitait-elle pas à imaginer tout un foisonnement d'histoires, bien plus douloureuses que les siennes ?

20

Désormais, Rick et la dame se donnent rendez-vous à l'entrée de Central Park, dans la 72ᵉ Rue. De là, ils marchent vers Cedar Hill. Rick fait asseoir sa compagne à l'ombre, au sommet de la butte. Il installe son chevalet, prépare ses couleurs et se met au travail. Le plus souvent, ils gardent le silence. La dame observe les chiens qui se donnent la chasse sur la côte pendant que leurs maîtres font un brin de conversation. C'est ce regard, celui d'une lionne contemplant, paisible et lasse, ses petits qui gambadent autour d'elle, que Rick cherche à rendre. Les couches de peinture s'accumulent et Rick se convainc qu'il approche de la vérité.

Parfois, pour rendre son personnage plus crédible encore, la dame évoque ses derniers voyages, ses récents dîners officiels. Pour expliquer une absence plus longue que les autres, elle confie à Rick que la préparation de la prochaine réunion des chefs d'État du Commonwealth l'a retenue à Londres. « Toute ma vie se passe à anticiper l'avenir. Les sujets de mes conversations avec tel ou tel premier ministre sont décidés des semaines à l'avance. Le discours que je prononcerai dans quelques mois en Australie est rédigé depuis longtemps. C'est épuisant.

J'ai parfois le sentiment d'être un piano mécanique. Il n'y a, dans ma vie, aucune place pour la spontanéité ou les coups de tête. Tenez, savez-vous que même mes obsèques ont déjà été planifiées ? La composition du cortège, la musique funèbre, la disposition des fleurs, rien n'est laissé au hasard. Il n'y a pas un quotidien, pas une chaîne de télévision qui n'ait préparé ma nécrologie. Régulièrement, on y ajoute mes derniers faits et gestes, au cas où je casserais ma pipe demain. Mes décisions, mes paroles, mes actions sont rapportées, soigneusement consignées avant même qu'elles se produisent. Ma mort est mise à jour quotidiennement. »

Rick lève les yeux de la toile. La dame a toujours la tête tournée vers les sycomores qui bordent la 5e Avenue. Ce visage aux traits si familiers, réduit depuis si longtemps à un emblème, aussi banal que Big Ben ou Tower Bridge, il lui semble, à lui, Rick, empreint d'une humanité toujours changeante, comme une série de tableaux dépeignant le même paysage à différentes heures du jour. La dame a beau lui décrire cette existence rigide et sans surprise, il croit déceler dans son regard un foisonnement de souvenirs, des passions mal éteintes, des renoncements irraisonnés, ruines d'un passé qu'elle pourrait encore construire.

« Tous ces articles qu'on publie sur vous, sur votre famille… tous ces mensonges, ça ne doit pas être facile…

— Ce ne sont pas les mensonges qui me dérangent. Les élucubrations des journalistes, on peut toujours en rire. Tandis que la vérité…

— Pardonnez-moi d'insister, mais votre biographie, par exemple… Ces approximations, ces simplifications, ces omissions… Vous n'êtes pas frustrée de voir ainsi exposée une vie qui, tout compte fait, doit ressembler très peu à la vôtre ?

— Non, le plus pénible, c'est justement de constater que cette vie me ressemble.

— Je ne comprends pas…

— Le problème d'une biographie, c'est ce qu'elle ne raconte pas, ce qu'elle est incapable de raconter. Ce qui sort de la plume d'un biographe, c'est une existence passée sous un rouleau compresseur. Il ne reste rien des hésitations, des conflits, des actes manqués qui donnent à un devenir sa trajectoire unique.

— En d'autres termes, lorsque vous lisez ce qu'on écrit sur vous, vous avez l'impression de vous trouver devant un miroir déformant.

— Oui… et parfois, ce n'est pas un miroir du tout. La description de mon couronnement, par exemple : il me semble parfois qu'il est question d'une étrangère. Mes émotions, mes appréhensions, mon état d'esprit de l'époque, rien de tout ça ne transparaît. Vous voyez, quand nous considérons notre passé, nous y percevons autant ce que nous avons réalisé que ce que nous aurions pu ou voulu accomplir. Lorsque je repense à mes vingt ans, je retrouve un avenir rempli de possibilités. Je n'ai pas toujours su quel était mon devoir. J'ai cherché, j'ai hésité, j'ai douté. J'ai parfois ignoré les conseils des autres. Ceux qui m'étaient proches, ceux qui me voulaient du bien, je n'ai pas toujours été juste envers eux. Il n'y a que pour le biographe que la vie est un destin. »

Rick a posé son pinceau et sa palette au pied du chevalet. Il s'est approché de la dame et s'est assis sur un rocher. Elle garde la tête tournée vers le bas de la butte, où vient de s'installer un joueur de saxophone. Rick voudrait l'interroger, mais il se ravise. En se remémorant ses dernières paroles, il est saisi par un sentiment étrange : c'est bien sa propre vie qu'elle vient d'évoquer, et pourtant, on aurait presque dit qu'elle parlait d'une autre personne que de la reine.

21

« Tout ce que je peux te dire, Mermoz, c'est qu'elle a un sourire enchanteur. »

Rick est assis sur son unique fauteuil, dans son studio, son chat sur les genoux.

« Comment dire… Elle est si naturelle, si simple, si vraie que j'ai parfois le sentiment de parler à une personne ordinaire, à une New-Yorkaise comme les autres. Je ne veux pas dire qu'elle manque, en aucune façon, aux obligations d'une personne de son rang ou qu'elle cherche, par condescendance, à imiter les manières des gens du peuple. Mais il y a en elle une amabilité si sincère, une gentillesse si dénuée d'artifice… C'est vraiment étrange, elle a toute la noblesse d'un monarque sans pour autant s'attendre aux égards qui lui sont dus.

« Souvent, je me pose la question : pourquoi moi ? Alors qu'elle pourrait profiter à son aise de ses courts séjours à Manhattan, déjeuner dans des restaurants chics, explorer les boutiques de l'avenue Madison, s'offrir un spectacle à Broadway, pourquoi accepte-t-elle de me revoir ? Bon, il est vrai qu'apparemment je suis le seul à l'avoir reconnue. Elle cherche peut-être, en gagnant ma confiance, à s'assurer que je ne dévoilerai jamais son secret. Mais alors, pourquoi ne pas simplement me faire prêter serment et en finir là ? Ce qui lui manque, m'a-t-elle expliqué, c'est de connaître la vie des gens ordinaires. Je serais donc une sorte de spécimen exotique, une curiosité lui offrant un divertissement passager ? Même si c'était le cas – et j'en doute –, l'effet de nouveauté se serait vite dissipé. Elle aurait fini par se lasser et se serait mise à la recherche d'un autre objet d'étude.

« Je ne sais pas, Mermoz, c'est peut-être présomptueux de ma part, mais j'ai l'impression que notre rencontre n'a rien d'anodin. Lorsque nous déjeunons ensemble, après une séance de peinture, c'est comme si nous nous connaissions depuis très longtemps. Nous n'avons pas besoin de tout nous dire, nous nous comprenons à demi-mot.

« Au début, quand elle retournait à Londres après un long week-end à Manhattan, je m'empressais d'acheter *Hello !* et de lire le *Daily Mail* sur Internet. Je suivais ses voyages, passais en revue ses photos officielles, lisais avidement ses discours, tout ça dans le vain espoir de me sentir plus près d'elle pendant ses longues absences. Mais bientôt, je me suis rendu compte que je ne trouvais là qu'une reine déformée, une image pâlie, tronquée, dénuée de tout rapport avec la réalité.

« J'ai donc décidé de ne plus lire les journaux. Pourquoi donner crédit à toutes ces fictions, alors que moi, c'est la vraie reine que je connais ? »

Mermoz s'est endormi. Seules ses oreilles frémissent encore lorsque Rick caresse son cou du bout des doigts.

« Il suffit qu'elle me sourie, poursuit Rick, les yeux fixés sur les journaux et les revues qui traînent à ses pieds, il suffit qu'elle pose amicalement sa main sur mon bras, et je suis comblé. »

22

Voilà plusieurs années que la dame de Sutton Place prend son bain dans la pénombre. Parfois, elle allume quelques bougies. Ça l'aide à se détendre. Mais cette fois-ci, elle décide de ne pas éteindre la lumière. Elle veut se voir telle qu'elle est.

Depuis que Rick a commencé à peindre son portrait, la dame tient à paraître sous son meilleur jour. Elle a toujours été très coquette. Mais maintenant, il s'agit d'autre chose. Elle ne doit pas seulement soigner son apparence, elle doit aussi prendre garde à ses manières, maintenir cette fiction, sortie du cerveau de Rick, et dont elle est devenue la marionnette. Alors, tous les lundis, elle a rendez-vous chez le coiffeur pour une mise en plis style Élisabeth II. Les jeudis après-midi, inspirée par les dernières photos de la reine, elle se rend chez Bergdorf Goodman ou Lord & Taylor, à la recherche de robes vert pomme, de gants de soie turquoise ou de sacs à main Ralph Lauren. Parfois, avant de rencontrer Rick, elle se fait maquiller chez Bloomingdale's en expliquant à la vendeuse, abasourdie, qu'elle veut ressembler à une « vieille dame anglaise ». Combien de temps durera-t-elle encore, cette mascarade ?

Au contact du carrelage glacé de la salle de bains, la dame frisonne. La chair de poule accentue les stries qui sillonnent ses cuisses et contracte les aréoles brunâtres de ses seins. À l'orée de la vieillesse, son corps commence à s'affaisser. C'est une pente qu'il ne pourra plus remonter. Sous ses bras dodus, la graisse pendouille, comme la caroncule d'une dinde ; à la lisière des yeux, des poches bleutées forment de tristes sourires qui ne se dérideront plus ; son derrière, autrefois ferme et rebondi, s'est maintenant aplati, dessinant, au-dessus des cuisses, une ombre grise. Partout, la peau cède à la gravité et au poids du temps. Malgré ses efforts, ses bras, ses épaules, son ventre, toute sa chair est attirée vers le bas comme si, déjà, elle ne contemplait plus que l'abîme.

Lentement, la dame introduit une jambe dans la baignoire. Nouveau frisson, provoqué cette fois par la brûlure de l'eau. Contre les parois de porcelaine rose pêche, ses mollets prennent une teinte blanchâtre. Sous la peau translucide apparaît un entrelacs complexe de veinules violacées, triste géographie de la déchéance.

La dame s'allonge, soupire, ferme les yeux. Son corps n'est plus qu'une histoire, une machine familière, mais étrangère à l'avenir. Étrangère, surtout, aux espoirs qui, à sa propre surprise, trouvent encore refuge en elle. Ce n'est pas vraiment qu'elle soit prête à s'abandonner à un nouveau désir, c'est plutôt que l'envie d'exister pour un autre, le besoin physique d'être tenue, serrée par un homme, continue de vivre dans un coin de sa conscience, comme un souvenir négligé, comme cette

robe du soir bleu nuit qui ne lui va plus, qu'elle ne por-
tera plus jamais, mais qu'elle s'obstine à garder au fond
d'un placard, soigneusement protégée par une housse
de plastique, au cas où.

23

« C'est drôle, le portrait ne ressemble pas beaucoup à vos photos. »

Rick et la dame sont assis dans l'atrium de Sony Plaza, avenue Madison. Un dernier rayon de soleil glisse sur le front de la dame avant d'être chassé par les nuages. Deux coups de tonnerre, et bientôt la pluie s'abat sur la verrière, vingt mètres au-dessus de leurs têtes. Dans cet espace immense, garni d'arbres en pots et surplombé de trois mezzanines, ils se sentent à la fois protégés et minuscules.

« Que voulez-vous dire ? demande la dame en fronçant les sourcils.

— Eh bien… L'autre jour, je suis tombé sur une photo de vous, prise pendant votre dernière visite en Nouvelle-Zélande, je crois… Et en regardant bien le portrait, je me suis rendu compte qu'il était très différent…

— Ce n'est qu'une photo, répond la dame sèchement. C'était peut-être la lumière…

— Oui, c'est possible… Mais j'en ai examiné d'autres et… Je ne sais pas… J'ai l'impression… C'est le regard, je crois… »

La dame observe Rick, interdite. A-t-il enfin compris? Peut-être n'est-il pas si crédule, après tout? Ne serait-ce pas le moment de lui confesser la vérité? Mettre cartes sur table. Lui révéler son vrai visage. S'ouvrir à lui comme il s'est ouvert à elle. Et puis tout recommencer. Repartir à zéro, réapprendre à se connaître, sans faux-semblants, sans mensonges. En finir avec cette pénible comédie.

La dame se sent prisonnière. Prisonnière de ce jeu qu'elle n'a pas choisi. De cette image qui fige ses gestes et dicte ses paroles. De ce théâtre où elle doit tout le temps se surveiller et inventer de nouvelles fables. Et la pluie qui n'en finit pas de tomber. Ce cliquetis métallique criblant le toit de cette cathédrale de verre. Comme mille serrures de cachot qu'on verrouille en même temps.

« Vous vous posez trop de questions », dit-elle enfin.

La dame n'a pas encore vu le portrait. Rick a bien proposé de le lui montrer, mais elle préfère attendre qu'il soit terminé. Elle sait bien qu'il ne ressemblera pas à la reine. Comment serait-ce possible? Ou alors, il faudrait que Rick soit décidément très mauvais peintre.

« Ne vous faites pas tant de soucis, reprend-elle. Si votre portrait ne ressemble pas aux photos, c'est parce qu'aucune de ces photos ne me ressemble.

— Je… je ne comprends pas.

— C'est pourtant évident. Mettez-vous à ma place. J'ai été tellement photographiée dans ma vie, plus personne ne connaît mon vrai visage.

— Mais… On n'a qu'à vous regarder, et…

— Non, ça ne suffit pas. Ceux qui me rencontrent me connaissent d'abord par les photos. Et qu'ils le veuillent ou non, c'est la photo qu'ils cherchent à retrouver sur mon visage. »

La dame rapproche sa chaise de la table d'aluminium, soulève sa tasse entre le pouce et l'index en prenant soin de bien relever l'auriculaire, y trempe à peine les lèvres, puis la repose dans la soucoupe sans même qu'on l'entende tinter.

« Imaginez un peu, reprend-elle. J'ai été tellement observée, représentée, reproduite, qu'il est impossible de me regarder sans penser à ces innombrables avatars. J'existe en millions d'exemplaires : sur des tableaux et des affiches, des pièces de monnaie et des timbres-poste, des assiettes et des tabliers de cuisine, des t-shirts et des tasses commémoratives. Partout, on retrouve mon effigie. De face, de profil, de trois quarts. Dans mon carrosse ou dans ma Bentley. Avec ou sans couronne, en compagnie de mes chiens ou de mes chevaux. Tenez, savez-vous quel jouet s'est vendu l'année dernière, à Noël ? Une figurine colorée dont la main gantée oscille de droite à gauche. Moi, la reine Élisabeth II, réduite à une insignifiante statuette de plastique !

« Voyez-vous, quand un visage devient omniprésent, il finit par disparaître. Chaque nouvelle image lui enlève un peu de vie. À tel point que, lorsque je me regarde dans le miroir, j'ai parfois le sentiment de me trouver face à une imitation. Vous comprenez, l'image est tyrannique. C'est elle qui finit par dicter la norme. Même l'original doit s'y conformer. Lorsqu'on me maquille, le matin, ce n'est pas pour me rendre plus belle, c'est pour mieux me faire ressembler aux photos.

— Je comprends, dit Rick, songeur.

— Vous savez, le visage que vous avez devant vous... C'est tout ce qui compte vraiment. Vous me voyez entière, sans artifice. Il ne faut pas chercher plus loin.

— Bien entendu... Je ne doute pas du privilège que vous m'accordez...

— Mais c'est aussi un privilège pour moi.

— Pour vous? demande Rick, surpris.

— Mais oui. Avec vous, je peux enfin cesser de jouer la comédie. Je n'appartiens plus aux autres. Je n'ai plus de devoirs. Je n'ai plus le sentiment d'être observée, analysée, jugée. Celle que je suis vraiment, j'ai plus de chances de la trouver ici, avec vous, qu'à Buckingham Palace, où je suis sans cesse sur mes gardes, où je ne me permets jamais la moindre fantaisie. Ce petit bout de liberté, voilà ce que vous devez chercher à saisir dans le portrait. Vous qui ne connaissez pas ce monde, vous êtes plus à même de me révéler ce que je suis vraiment que tous ces photographes obsédés de détails qui passent trois heures à installer leurs projecteurs et finissent toujours par me faire ressembler à une fanfreluche de conte de fées. »

La pluie a cessé. Les passants qui s'étaient réfugiés dans l'atrium sont repartis. La dame pose sur Rick un regard doux, plein de confiance et de sollicitude. Un regard qui pourrait être une question, qui exigerait en retour une promesse, si toutefois la dignité de son rôle le permettait.

Rick, d'habitude si évasif, ne peut détacher les yeux du visage de la reine. Il lui semble que son sourire a le pouvoir de faire tomber tous les voiles, toutes les craintes, toutes les dérobades. Il lui semble, surtout, qu'il recèle une parcelle inconnue de son existence, une ombre vivante, demeurée inaperçue, et qu'aucun tableau, aucune photographie n'a jamais capturée.

24

De retour de sa visite quotidienne à la maison de retraite de Flushing où elle travaille comme bénévole, la dame de Sutton Place se prépare un bon repas (côtelette d'agneau grillée accompagnée d'une purée de carottes et d'une salade d'endives). Puis, elle s'installe dans son fauteuil, Scarpetta (le corgi) sur ses genoux et Scarpetta (le livre) entre les mains. Le mystère se corse, la sœur de l'écrivain reclus semble s'être suicidée, en présence du fameux médecin légiste, de surcroît. Mais rien n'y fait, la dame de Sutton Place n'arrive pas à se concentrer sur sa lecture. Elle pose le livre, se lève, se prépare un thé, se brûle la langue à le boire trop vite, retourne au salon, commence un article sur Angelina Jolie dans *People*, mais ses pensées l'entraînent ailleurs, là où elle ne veut pas aller. Elle connaît bien le scénario : sa dernière rencontre avec le peintre, leurs promenades, leurs conversations, les confidences de Rick, les fabulations qu'elle est obligée de tisser. Et elle finira par se demander : à quoi bon, tout ça ? Pourquoi ne peut-elle pas être son égale ? Pourquoi doit-elle maintenir cet échafaudage de plus en plus bringuebalant, cette énorme fumisterie ?

Pour éviter de réfléchir, il faut qu'elle s'occupe. Elle

décide donc de mettre de l'ordre dans les tiroirs du grand bahut, à l'entrée du salon. C'est une tâche qu'elle a longtemps repoussée. Voilà près d'un an que s'y empilent, pêle-mêle, vieilles factures, coupons rabais, élastiques, ampoules électriques, pièces de monnaie, tubes de colle séchée, épingles à cheveux, clés en tout genre. Au fond du tiroir du dessus, elle découvre une enveloppe contenant des cartes postales de musées européens – le Prado, le Louvre, l'Orangerie, le Beaubourg. Elle les avait récoltées pendant leur deuxième lune de miel. Charles avait un an et la mère de Brad avait accepté de le garder pour permettre au jeune couple de partir ensemble. Eux qui avaient connu si peu de moments seule à seul, ils avaient pu, pour la première fois, se découvrir et se confier. Ces deux semaines, ils les avaient passées serrés l'un contre l'autre dans les trains qui les menaient de Paris à Nice, de Nice à Madrid, de Madrid à Barcelone. La main dans la main, ils avaient traîné dans les musées, les parcs, les palais, ébahis par tout ce passé, étrangers à ces vestiges de l'histoire. Ils ne cherchaient pas à comprendre, parlaient peu, et lorsque le silence durait trop longtemps, Brad plaçait son bras autour de son épaule et déposait un baiser sonore sur sa joue. À vingt ans, ils avaient déjà le regard d'un vieux couple, las, saturé de souvenirs, habitué au va-et-vient de la joie et de l'indifférence.

La dame fait glisser les cartes postales entre ses doigts, laissant le passé reprendre son emprise. Elle est sur le point de les remettre dans l'enveloppe lorsque son regard est attiré par une photo, au fond de la pile. Il s'agit d'un jeune homme, debout sur une plage, les yeux mi-clos, aveuglé par le soleil. La main gauche sur la hanche, il tient, à bout de bras, un casque de soldat – ou bien est-ce un limule, un de ces crabes préhistoriques qui garnissent les côtes de l'Atlantique? Il sourit, musclé, bronzé, radieux. Il a dix-sept, dix-huit ans, tout au plus. Cette photo, elle ne la reconnaît pas tout de suite. Brad? Peut-être… Mais oui, bien sûr, maintenant ça lui revient. C'est bien lui. Peu après leur rencontre, il était parti un mois faire un stage à Londres. Avant son départ, ils avaient échangé quelques photos. Celle qu'elle avait regardée le plus souvent pendant cette longue absence (un mois de séparation, juste au début d'une relation, ça passe très lentement), c'était ce Brad aux cheveux longs, au visage basané, au regard dur et confiant.

Et pendant longtemps, plusieurs années après leur mariage, bien après la naissance de Charles et de Julia, elle avait continué, périodiquement, de regarder cette image. Elle s'en était même servie comme signet. Il y avait belle lurette que le jeune homme « Chippendale » avait cessé de ressembler au Brad qu'elle connaissait, un bonhomme prématurément bedonnant, quasiment chauve à trente ans, s'essoufflant au moindre effort. Et c'est justement pour cette raison qu'elle s'était tant attachée à cette photo. Le matin, une fois les enfants réveillés, nourris et expédiés à l'école, elle ouvrait le roman d'Agatha Christie dans lequel elle retrouvait le sourire de l'ancien Brad. Tout en contemplant rêveusement ces abdominaux luisant au soleil, elle se disait que c'était cet homme-là qu'elle avait épousé. Et le soir, juste avant d'éteindre la lumière et de le laisser la prendre, elle jetait un coup d'œil furtif sur l'Adonis de la plage, tout en songeant que sous la carcasse molle et dodue qui l'attendait se trouvait encore tapie l'énergie fébrile de l'adolescent dont elle abreuvait secrètement ses regards. Quant à la voix qui, en elle, lui murmurait qu'elle le trompait un peu, elle répondait : « Oui, mais je le trompe avec celui qu'il a été. »

La dame pose maintenant un regard attendri sur la silhouette du jeune homme, cet amant qu'elle n'a jamais rencontré et qui l'a pourtant si bien soutenue pendant ses premières années de mariage. Si elle se souciait encore d'apaiser son passé, elle se dirait que son affection redécouverte pour cette photo pourrait peut-être la racheter à ses propres yeux, ou du moins l'aider à reconnaître le mal qu'elle avait fait à Brad sans trop haïr ce qu'elle était devenue.

25

Pour ne pas être trop longtemps sans voir Rick, la dame prétend s'échapper à New York la fin de semaine, une ou deux fois par mois. De sa vie de monarque, de ses charges et de ses responsabilités, elle ne parle presque plus. Le silence, lorsqu'elle pose pour le portrait, ne les trouble pas. Ils le remplissent, chacun de son côté, de tant de pensées qui s'adressent à l'autre qu'il leur semble, au moindre sourire, être écoutés, surveillés, compris.

Assise au sommet de Cedar Hill, la reine ne s'ennuie pas à observer Rick qui s'affaire derrière son chevalet. À le voir tantôt approcher ses yeux de la toile en fronçant les sourcils, comme un diamantaire essayant de détecter une impureté dans une pierre précieuse, tantôt s'éloigner de quelques pas en jetant la tête en arrière pour mieux considérer l'ensemble, elle se demande si le tableau existe vraiment, si, pendant les longues heures qu'elle a passées à poser pour lui, Rick n'a rien fait d'autre que mimer les gestes d'un artiste, sans jamais se décider à appliquer le premier coup de pinceau. Peut-être ne s'agit-il là que d'un stratagème élaboré pour continuer de la voir, pour donner un but à leurs rencontres? Plusieurs fois, elle a songé à lui demander quand il pensait terminer le tableau. À la dernière minute, elle s'est ravisée. Après tout, elle non plus n'est pas pressée.

Voilà maintenant que Rick quitte son chevalet, fait quelques pas vers la reine et, respectueusement, lui effleure le menton pour incliner son visage vers le soleil. C'est alors qu'elle remarque ses mains. Ses doigts longs, gracieux, terminés par des ongles aux lunules d'un rose très pâle. Ces mains, ce sont celles de Brad. Même lorsqu'elle ne supportait plus qu'il l'embrasse, lorsque ses regards tendres avivaient sa rage et son ressentiment, elle aimait encore ses mains. Parce qu'elles étaient belles, parce qu'elles contrastaient avec son corps pataud, avec ses yeux ridés et tristes. Parce qu'elles paraissaient animées de leur propre vie et qu'elles ignoraient tout de la sienne.

Les mensonges, les bassesses, les mesquineries, elle avait cessé de les regretter. Mais ce qui réveillait encore sa douleur, c'était de ne pas s'être montrée reconnaissante. Brad était mort, peut-être, persuadé de son ingratitude. C'était pourtant grâce à lui qu'elle avait pu quitter le Queens et s'inventer, librement, de nouveaux rêves. Elle se souvient de leur première rencontre, du sourire timide qu'il lui avait lancé lorsqu'elle s'était approchée de lui pour lui offrir des petits fours. Elle faisait le service à la réception de mariage d'un des amis de Brad. Forcée par son patron de porter un corsage trop étroit, une jupe trop courte et des talons trop hauts, elle tentait tant bien que mal d'ignorer les regards lascifs des hommes, jeunes et vieux, qui tournaient autour d'elle en faisant mine de s'intéresser aux amuse-gueules au saumon fumé décorant son plateau. Brad avait été le seul à la regarder dans les yeux. Comme si elle n'était pas qu'une serveuse. Comme si elle avait un nom, une voix et des désirs à elle.

Lorsque Brad, cherchant à engager la conversation, lui avait demandé, un peu stupidement, si c'était elle qui avait apprêté tous ces délicieux canapés, elle avait résisté à l'envie de le rabrouer. À toutes ses questions – Êtes-vous étudiante ? Venez-vous de Manhattan ? Depuis combien de temps travaillez-vous comme serveuse ? – elle avait répondu poliment. Elle ne s'était pas dit : que me veut-il donc, cet abruti ? Elle avait plutôt pensé : ce type n'a pas l'air méchant, voilà peut-être ma chance. S'il m'invite à prendre un verre, je dirai oui.

Et en effet, après avoir longtemps tourné autour du pot, il avait fini par lui demander si elle était libre après son service. Il l'avait entraînée dans le bar du Pierre, sur la 5ᵉ Avenue, et ils avaient passé le reste de la soirée à déguster des cocktails aux noms évocateurs et mystérieux : Autumn Wind, Blue Lagoon Margarita, Beam-me-up-Scotty, Sex on the Beach. Il lui avait décrit sa vie – père industriel, maison dans les Hamptons, Harvard – et elle s'était répété : voilà ma chance. Grâce à lui, je sortirai peut-être enfin de mon trou. Plus volontiers qu'elle ne l'avait fait avec aucun autre, elle s'était à son tour confiée : dernière d'une famille de neuf enfants, elle avait eu l'infortune de naître quelques jours avant la mort de son frère aîné, jeune officier dans l'armée américaine. Sa mère la tenait dans ses bras lorsqu'un marine avait sonné à la porte pour lui annoncer le décès de son fils en Normandie. La pauvre femme avait été si ébranlée que le nourrisson lui avait glissé des mains et s'était fracturé le bras en heurtant le sol. C'était en juin 1944.

La mère avait été inconsolable. Le cœur tari, elle s'était réfugiée dans sa douleur et ses souvenirs. Toute sa vie, la petite fille avait gravité autour de ce noyau d'absence, comme la planète la plus éloignée d'un système solaire, glacée et pratiquement invisible. Dans sa famille, chacun avait sa fonction, sauf elle. Ses sœurs s'occupaient de la cuisine, des courses et du ménage. Son père, garagiste, préparait ses fils à reprendre sa petite entreprise. Quant au plus petit, Doug, il était, de l'avis de tous, le clown de la famille et il jouait son rôle à merveille. Toutes les places étaient prises, elle était arrivée trop tard. Quand on parlait d'elle, on l'appelait rarement par son nom. On disait simplement « la petite ».

Le plus souvent laissée à elle-même, elle rêvait de partir. Elle rêvait, surtout, d'exister pour quelqu'un, peu importe qui. Alors, quand Brad avait posé les yeux sur elle, ça lui avait suffi. Son regard de chien battu, ses oreilles de chauve-souris, translucides et pointues, sa peau grasse, son embonpoint naissant, aucun de ces détails ne l'avait repoussée. Dans sa tête, elle avait déjà dit oui.

Après la mort de son mari, sa fille lui avait reproché de s'être servie de lui. Grâce à cet homme, qui ne demandait rien d'autre que d'être aimé en retour, elle avait quitté le Queens. Dès que l'entreprise immobilière avait commencé à rapporter, ils s'étaient installés dans un grand appartement de Sutton Place, petit paradis pour retraités, employés des Nations unies et caniches à rubans roses, niché au bord de l'East River, à l'abri du grondement de la ville. Brad lui avait tout accordé : elle avait voulu ouvrir une boutique de vêtements ? Qu'à cela ne tienne, il avait avancé le capital et loué un local dans l'East Village. Elle se voyait photographe ? Pourquoi pas ? Brad avait lui-même proposé de transformer l'une des salles de bains en chambre noire et l'avait encouragée à suivre des cours au Hunter College. Chaque fois qu'elle avait voulu se réinventer, Brad l'avait accompagnée, la complimentant sur ses progrès en poterie, admirant la souplesse de son corps et son talent pour le yoga, dégustant avec plaisir les créations qu'elle rapportait de son atelier de pâtisserie.

Mais Julia avait raison, malgré toutes ses attentions, malgré sa dévotion béate, elle n'avait jamais aimé Brad. Au début, elle était amoureuse de la vie qu'il lui faisait découvrir. Elle était amoureuse des « *Good morning, Madam* » que lui adressait le portier en livrée lorsqu'elle quittait leur immeuble le matin. Elle était amoureuse des regards envieux qu'elle suscitait lorsqu'elle pénétrait dans le restaurant du Waldorf Astoria. Elle raffolait de cette existence, si étrangère à celle qu'elle avait connue, dont elle ne s'était jamais même permis de rêver et dans laquelle elle avait le loisir de flotter librement, comme un bienheureux imposteur.

Peut-être, justement, parce que rien ne lui avait été refusé, elle n'avait pas su comment se choisir. Dès que les enfants avaient été mis en pension, elle n'avait plus vécu que pour elle-même. Mais en se promenant de vie en vie, de hobby en hobby, de dada en dada, elle ne s'était pas construite. Elle avait continué de fuir, sans jamais croire à cette vérité, parfois déficiente, il est vrai, mais souvent éclairante, selon laquelle l'autre, armé seulement de son amour, a le pouvoir de nous révéler à nous-mêmes.

Elle regarde maintenant les mains de Rick s'occuper derrière le chevalet, chercher un tube de peinture, saisir un pinceau, appliquer de petites touches de couleur sur un visage qu'elle ne peut imaginer, qui n'est pas le sien et qu'elle sera sûrement incapable de reconnaître. Elle sent de nouveau posé sur elle le regard de Brad, son index replié qui lui caresse la joue, comme pour essuyer une larme. Celui qui ressurgit alors dans sa mémoire, ce n'est pas le Brad rêvé, l'adolescent de la photo, fier de ses muscles et du limule qu'il vient de capturer, mais l'homme au front couvert de sueur, aux jambes arquées, aux joues couperosées qui l'accueillait toujours avec le même bon sourire lorsqu'elle rentrait tard le soir et qui ne lui demandait jamais où elle était allée, ni avec qui. Et dans un éclair de lucidité, douloureux et cruel, la dame s'aperçoit que l'être qu'elle s'efforçait de construire, qu'elle aurait voulu devenir, c'était en lui, guidée par son amour, qu'elle aurait dû le chercher.

26

« Vous paraissez pensive.

— Oui... C'est normal, vous ne croyez pas ? Quand vous peignez, je n'ai pas grand-chose à faire.

— C'est vrai... mais vous êtes plus absorbée que d'habitude. Votre expression... Vous semblez inquiète... Inquiète et déterminée. »

La dame le scrute du regard, cherchant à comprendre ce qu'il attend d'elle. Il reprend :

« Le visage que vous avez maintenant... C'est exactement comme ça que j'aimerais vous peindre. Peut-être que la prochaine fois, si vous pensez à la même chose... »

La dame lève de nouveau les yeux vers l'artiste. La nuit tombe.

« En fait, ce qui vous intéresse, c'est de savoir ce qui me préoccupe, n'est-ce pas ?

— Non... Ce n'est pas ça... Je vous assure, je respecte...

— Je sais, je sais, vous êtes très discret, dit la dame avec impatience. Mais j'ai un peu raison, quand même ?

— En réalité... ça m'aiderait peut-être, pour le portrait... mais si vous n'avez pas envie, rien ne vous force... »

La dame sourit.

« Je pensais à une photo. L'autre jour, une équipe de la BBC est venue au palais pour discuter d'un documentaire avec mon attaché de presse. Le producteur demandait l'autorisation d'utiliser des photographies d'archives. En parcourant le dossier, j'ai été frappée par un cliché que je n'avais jamais vu auparavant. Il représentait un jeune homme – il avait tout au plus dix-sept ou dix-huit ans – souriant, bronzé, les cheveux longs, le torse nu. À l'arrière-plan, on apercevait la mer et, sur la plage, des adultes allongés sur des transats. Lui se tenait debout, les yeux fixés vers l'horizon d'un air de défi. Dans sa main droite, tendue vers l'appareil, reposait un objet ressemblant vaguement à un crâne – ou bien était-ce peut-être une conque qu'il avait trouvée sur la plage ? J'ai longtemps regardé la photo en me demandant qui pouvait bien être ce jeune homme qui avait si fière allure. Et puis, je me suis rendu compte qu'il ne pouvait s'agir que de mon mari, plusieurs années avant notre mariage. C'est à cette photo que je pense maintenant, quand nous sommes séparés. Pas à l'homme courbé, aux yeux larmoyants, à la voix chevrotante, mais à ce jeune homme, à cet étranger que je n'ai jamais connu. Ce n'est pas bien, je sais…

— Pourquoi ? »

La dame hésite un long moment, le regard soudain mélancolique.

« C'est un peu comme si je laissais un autre prendre sa place, non ? »

27

Au sommet de Cedar Hill, une brise chaude s'est levée. La dame de Sutton Place ferme les yeux, respire longuement. « Un vent sucré. » C'était l'expression de Brad lorsque, réveillé tôt le samedi matin, il l'entraînait sur le balcon pour regarder le soleil se lever sur l'East River. Comme ce matin-là au milieu de Central Park, le vent charriait les odeurs de la veille, des parfums suaves d'écorce et d'herbe fraîchement coupée, qui les entraînaient, chacun de leur côté, vers une enfance dont ils n'avaient pas su partager les secrets.

Aujourd'hui, on dirait que c'est la même brise, lourde du ressac de la nuit, qui la fait glisser sur la pente du passé. Elle tente de remonter, s'accroche au regard concentré de Rick, au jeune couple qui est monté sur la colline pour prendre des photos, au chien qui attrape au vol le bâton que s'amuse à lui lancer son maître. Mais bientôt, ses paupières se referment de nouveau.

Soudain, une voix la tire de sa rêverie.

« Madame McTavish ? »

Une femme plantureuse se tient devant elle et la regarde en souriant. Petite et trapue, elle porte un survêtement blanc et rose qui dissimule mal ses formes généreuses. De son cou épais, cannelé de larges bourrelets, émerge un visage délicat au nez long et fin. Elle est accompagnée d'un homme rondelet qui tient à la main un appareil photo surmonté d'un énorme téléobjectif. Ils frisent tous les deux la quarantaine.

« Madame McTavish ? répète la femme. Vous vous souvenez de moi ? Sophie. Sophie Miller ! »

La dame scrute le visage d'enfant penché sur elle et fouille dans sa mémoire à la recherche d'un indice qui l'aiderait à le situer. Sophie… Sophie Miller… Une employée de Brad ? Non… Une des infirmières qui l'aurait soigné ? Non plus… La femme lui sourit toujours, mais fronce un peu les sourcils. Elle désire tant être reconnue.

Ces lèvres pâles, ce menton fuyant, cette peau translucide à travers laquelle on voit courir les veines, comme des filets d'encre dans un verre d'eau… ce n'est pas tout à fait un visage. C'est une ébauche, plutôt. Un premier jet que son Créateur, par paresse ou par ennui, ne s'est pas donné la peine de terminer.

« Vous ne vous rappelez pas ? Sophie, l'amie de votre fille, Julia. Vous nous prépariez des crêpes au Nutella, les samedis… »

Sophie… Sophie… Ce n'est pas cette petite grosse avec qui Julia faisait parfois ses devoirs ? Mais oui ! Maintenant, ça lui revient… De temps à autre, Julia l'invitait à dîner le vendredi soir et la petite restait à dormir. La dame jette un coup d'œil vers Rick, qui s'approche en hésitant. Elle lui fait signe de ne pas intervenir.

Puis elle pose sur Sophie un regard éteint.

« Non, je regrette, répond-elle sèchement. Vous faites erreur. Je ne connais pas de Julia. »

La femme demeure immobile, décontenancée.

« Ah ? Vraiment ? Vous n'êtes pas Mme McTavish ?

— Non, je ne suis pas Mme McTavish, répond la dame, contenant mal son impatience. Je ne sais pas de qui vous voulez parler.

— Ah… Je… Je suis désolée… Je suis vraiment désolée… J'ai cru… Vous ressemblez beaucoup à quelqu'un que j'ai… »

Son visage a pris une teinte écarlate. Elle bafouille encore quelques mots incompréhensibles et se laisse finalement entraîner par l'homme à l'appareil photo. Alors qu'elle s'éloigne, la dame l'entend expliquer à son compagnon : « Je ne comprends pas, j'aurais juré que c'était elle… Elle a peut-être perdu la mémoire… »

Rick s'est approché et regarde la dame d'un air radieux.

« Bravo ! Vous avez été admirable !

— Que voulez-vous dire ? demande-t-elle, perplexe.

— Eh bien, les paparazzis ! Vous les avez bien rembarrés !

— Ah oui ? Bien sûr…

— Vous avez vu la taille de son téléobjectif ? Ces salopards, ils ne reculent devant rien, décidément !

— En effet… », répond la dame d'un air rêveur.

Et tout en reprenant la pose, elle pense à l'expression déconfite de la femme en survêtement, cette amie de Julia qu'elle a prétendu ne pas reconnaître. Peu à peu, une peine sourde se fait jour en elle. Elle n'est pas sûre si cette douleur, qui ressemble à de la haine, vient du fait d'avoir menti si effrontément à cette pauvre femme ou bien de s'être amputée d'un autre morceau de son passé.

28

La dame raccroche. Ces conversations avec sa fille, tous les dimanches après-midi, lui sont de plus en plus pénibles.

Ce sont surtout les reproches qu'elle trouve insupportables. Elle sait bien qu'elle n'a pas été une mère idéale. Ses enfants, elle les a eus trop tôt et, afin de sauvegarder sa liberté, c'est elle qui a insisté pour les envoyer en pension. Elle a pourtant joué son rôle du mieux qu'elle a pu. Comme les autres mères, elle se réveillait plusieurs fois par nuit pour les allaiter, se précipitait chez le médecin aussitôt qu'ils avaient de la fièvre, pansait leurs bobos lorsqu'ils tombaient de la balançoire. Elle choisissait leurs vêtements avec le plus grand soin, limitait leur consommation de bonbons, les emmenait tous les étés à la plage de Montauk. Mais le cœur n'y était pas. Elle sentait toujours ce creux au fond d'elle-même, un vide immense qu'elle n'arrivait pas à combler.

Alors que les femmes autour d'elle paraissaient satisfaites de leur existence, elle cherchait sans cesse à se transformer. Il lui semblait qu'elle avait tant à connaître, tant à offrir aussi, si seulement on lui donnait le temps de découvrir sa vocation. Alors, pendant plusieurs années, elle avait suivi des cours. La photographie, le yoga, le soufisme, la poterie, l'art précolombien : elle progressait, de passion en passion, tâchant de se convaincre que c'était ainsi qu'elle construirait peu à peu sa vie.

Parfois, il est vrai, son désir d'apprendre se confondait avec son désir pour le professeur. Julia lui avait longtemps reproché ses infidélités, surtout après la mort de Brad. « Tu es égoïste, tu l'as toujours été, tu ne changeras pas. » C'était sa rengaine. Mais ce que sa fille ne comprenait pas, c'est qu'il y avait, dans ces abandons, plus de désespoir que de légèreté.

Aujourd'hui, ce ne sont pas les récriminations de Julia qui lui font le plus de peine. C'est son indifférence. Tout à l'heure, la dame s'est montrée attentive lorsque sa fille lui a décrit ses longues journées de travail à la mairie de Reno, où elle vit depuis cinq ans. Elle l'a écoutée se plaindre de la chute du prix de l'immobilier, déplorer la hausse des taxes, vilipender l'inefficacité de ses collègues de travail.

Tout en approuvant Julia, elle ne songeait qu'à une chose : se confier. Elle aurait voulu lui raconter sa rencontre avec Rick, lui faire comprendre son dilemme. Si seulement elle en avait trouvé les mots et le courage, elle aurait pu évoquer ses conversations avec cet homme aux lubies étranges, leurs promenades dans Central Park, les séances auxquelles elle se prêtait pour un portrait qui ne serait peut-être jamais terminé. Elle avait commencé à formuler dans sa tête ce début de confession, mais à la dernière minute, elle s'était ravisée. Julia se serait sûrement moquée d'elle. Elle l'aurait traitée de mythomane, elle lui aurait ri au nez. Ou bien elle se serait contentée de dire : « Maman, tu es pathétique, vraiment » et aurait raccroché sans un mot de plus.

Dans le silence de son appartement de Sutton Place, Scarpetta endormi sur ses genoux, la dame regrette pourtant d'avoir encore manqué de cran. Qui sait, après tout, si partager avec sa fille les événements des derniers mois ne l'aurait aidée à y voir plus clair ? Ç'aurait été l'occasion pour elle de se montrer telle qu'elle était, une femme au passé inconstant, mais encore capable d'imaginer une autre vie, déterminée à vaincre son désœuvrement. Elle aurait pu regagner la confiance de Julia, lui présenter un nouveau visage. Peut-être même cet aveu les aurait-il aidées, toutes les deux, à se frayer un chemin vers la réconciliation ?

29

Cette fois-ci, ils se sont donné rendez-vous vers la fin de l'après-midi. En ce dimanche de juillet, au sommet de Cedar Hill, il ne reste que quelques couples, étirant encore leur promenade, repoussant le moment où ils devront rentrer chez eux pour se préparer à affronter une nouvelle semaine.

Rick se rapproche de la dame et installe son chevalet à quelques pieds de la chaise où elle est assise. Il veut, lui explique-t-il, saisir le moment où les rayons du soleil, à leur plus bas avant de disparaître tout à fait, rencontreront son profil et s'infiltreront sous ses paupières, éclairant ses yeux de l'intérieur.

La dame laisse errer son regard sur les passants défilant le long de la 5e Avenue. Une dizaine d'enfants se sont attroupés autour d'un marchand de glaces. Parmi eux, deux fillettes, portant l'une et l'autre une robe à fleurs et un grand chapeau de paille. Elles s'adressent à une jeune femme en tenue de sport vert fluorescent, tenant en laisse un labrador. Bien qu'elle ne puisse entendre leur conversation, la dame imagine aisément de quoi il est question : les enfants réclament une glace ;

la mère refuse, leur expliquant que l'heure du dîner approche; les fillettes insistent; la mère s'impatiente, leur tourne le dos et fait mine de partir sans elles. Sur les lèvres de la dame se dessine un sourire amusé. Rick suit son regard, mais ne comprend pas.

« Vous voyez ces petites filles, déclare la dame, elles savent résister à leur mère. Elles n'auront peut-être pas gain de cause cette fois-ci, mais au moins, elles s'aguerrissent, elles découvrent leurs propres désirs. Moi, mes enfants ne m'ont jamais désobéi…

— C'est peut-être parce qu'ils avaient la sagesse de reconnaître que vous aviez raison, hasarde Rick en levant les yeux de sa toile.

— Bien sûr que non. Se soumettre à la volonté d'un adulte, ce n'est pas un signe de maturité. Lorsqu'un enfant obéit, c'est le plus souvent par peur, par indifférence ou par manque de détermination.

— Vos enfants avaient peur de vous?

— Non, je ne crois pas. Ils ne me connaissaient pas, tout simplement. Ils ont été élevés par des instituteurs. Pour eux, j'étais une figure distante, préoccupée seulement de mon prochain voyage, d'une quelconque cérémonie où je devrais couper le ruban rouge.

— Vous étiez quand même proche de vos enfants, non?

— Pas vraiment. L'affection, ça ne s'improvise pas. Les gestes de tendresse, il faut du temps, beaucoup de temps, pour qu'ils deviennent naturels. J'embrassais mes enfants le soir, je leur lisais des histoires, comme toutes les mères. Mais je le faisais par obligation, parce que mon rôle l'exigeait. Des élans spontanés, lorsque j'en avais, je les réprimais immédiatement.

— Vous n'avez fait que votre devoir. Vous ne devriez pas avoir de regrets…

— Si, il faut regretter. Ne pas regretter, c'est croire que les choses n'auraient pas pu se dérouler autrement. Or, on peut toujours choisir. Quand arrive l'heure des bilans, nous nous disons que nous aurions pu nous soucier un peu moins de nous-mêmes. Nous aurions dû nous mettre en retrait et laisser à nos enfants la liberté de se découvrir. Maintenant, ils nous en veulent, et c'est normal. »

Rick garde les yeux fixés sur la toile, perplexe. Se peut-il que derrière un visage en apparence si insouciant se cache une telle amertume ? Comme si elle devinait ses pensées, la dame poursuit :

« Mais n'allez pas croire que tout ça m'empêche de dormir. Je suis lucide, mais je ne suis pas malheureuse. Il y a du bon dans le regret, je vous l'ai dit. Regretter, c'est une manière d'espérer, c'est reconnaître qu'on peut encore inventer sa vie et faire un pied de nez au destin. »

La dame fixe du regard le marchand de glaces. La tête penchée, il tient dans sa main gauche une liasse de billets et compte les recettes de la journée. Absorbé dans sa tâche, il ignore les petites filles, qui ont fini par convaincre leur mère.

« À propos de regrets, je viens de terminer le dernier roman de Felicia O'Connor, *Late Winter*, reprend la dame en ajustant sa coiffure. C'est une histoire plutôt triste : une femme, issue d'un milieu modeste, épouse un homme riche qu'elle n'arrive pas à aimer. Elle passe la première moitié de sa vie à lui être infidèle et la seconde à le regretter. Son mari, pourtant, ne lui en veut pas. Il l'admire, béatement. Il pense la rendre heureuse en cédant à toutes ses lubies. Mais cette femme, Lucy Castaway, a beau rêver de « devenir quelqu'un », elle ne possède, tout compte fait, aucun talent particulier. Elle s'imagine d'abord peintre, puis se lance dans la photographie, puis dans la poterie et le design d'intérieur. Chaque fois, son mari l'encourage, la soutient. Il se dit qu'une fois sa voie trouvée elle s'apaisera et reviendra vers lui. Mais plus il se montre doux, aimant, attentionné, plus elle le rabroue. Elle ne peut supporter qu'il réponde par l'amour à ses incessantes trahisons. Sans le vouloir, il lui rend sa culpabilité plus intolérable encore.

— Alors, elle le quitte ? demande Rick.

— Non. Elle reste. Par lâcheté. Par manque d'imagination, aussi. Elle tente de se convaincre que c'est à cause des enfants. Il leur faut une famille, un foyer. Elle tient à leur donner ce qu'elle-même n'a pas reçu. À la fin, son mari tombe gravement malade. Se sentant coupable, elle le soigne, lui fait la lecture, cherche à diminuer ses souffrances. C'est à la dernière minute qu'elle tente de se rapprocher de lui.

— Est-ce qu'ils finissent par se réconcilier ?

— Non. Pour se réconcilier, il faut reconnaître la rupture. Or, ils ont vécu dans le silence. Son mari ne lui a jamais fait le moindre reproche. C'est d'ailleurs pour ça qu'elle lui en a tant voulu. Il n'a pas cherché à crever l'abcès. Il s'est conforté, peut-être inconsciemment, dans son rôle de martyr, sans jamais lui donner la chance de se justifier ou de lui crier son désespoir. À lui l'avantage moral. À elle le rôle de la femme ingrate et volage. Alors, quand il est mort, elle s'est sentie soulagée. Le remords n'est venu que plus tard. »

Le soleil n'est plus qu'un point rougeâtre, scintillant faiblement sur les façades des immeubles le long de la 5ᵉ Avenue. Rick observe la dame. Dans la pénombre, ses traits se sont adoucis. Elle sourit. Cette Lucy dont elle lui décrit la vie, on dirait presque qu'elle l'a connue. Se peut-il qu'un personnage de roman puisse vous laisser une si vive impression ?

« Je n'ai pas du tout aimé ce roman, conclut la dame. Lucy Castaway est un personnage plein de ressentiment et de haine, qui s'épuise à ressasser le passé. Au lieu de se prendre en main, elle en veut à son mari, à ses enfants et, surtout, à elle-même.

— Qu'est-ce qu'elle aurait dû faire ?

— Oublier. Recommencer.

— Peut-être qu'elle n'en avait pas la force. Peut-être qu'elle n'avait plus envie de plaire.

— Non, ce n'est pas ça. Elle était trop orgueilleuse, c'est tout. Elle croyait se racheter en vivant son remords jusqu'au bout.

— Comme si elle avait attendu la mort de son mari pour lui devenir fidèle ?

— Oui, c'est un peu ça. Mais ce n'est pas de la fidélité, c'est de la complaisance. »

La nuit est tombée. Le marchand de glaces est parti. Après un long silence, la dame déclare :

« J'ai faim. Allons dîner, qu'en dites-vous ? »

Rick lève les yeux vers elle.

« Oui, bien sûr… Mais vous n'avez pas peur d'attirer l'attention ?

— Ne vous en faites pas. Pourvu que vous m'emmeniez dans un endroit ordinaire, du genre pizzeria, nous ne risquons rien.

— Bon, dit Rick, un peu déconcerté. Je crois que je connais un restaurant où nous serons tranquilles. »

Ils traversent le parc et suivent la 72ᵉ Rue vers le fleuve.

« Puis-je vous poser une question, demande la dame. Une question indiscrète ? » Son ton est hésitant, sa voix feutrée, mais on sent à son regard qu'elle n'éprouve aucun scrupule à se montrer si directe. Elle veut savoir. Elle ira jusqu'au bout. « Après Christelle… vous êtes toujours resté seul ?

— Oui.

— Vous n'avez jamais… »

Rick sourit. Même aujourd'hui, plusieurs mois après leur première rencontre, Rick est étonné que la reine s'intéresse à sa vie.

La dame insiste : « Vous ne vous êtes jamais pardonné d'avoir trompé Christelle, n'est-ce pas ? »

Rick demeure silencieux pendant un long moment. La reine est sincère. Elle lui accorde sa confiance. Comment continuer de lui mentir ? « Vous savez, au sujet de Christelle…, répond Rick d'une voix précipitée, je ne vous ai pas tout dit. En fait, les choses se sont passées un peu différemment… »

La dame se contente de tourner la tête vers Rick, impassible. Ce dernier poursuit : « Je ne l'ai pas trompée. Je… C'est compliqué… Je vous avais expliqué que Christelle voulait attendre. Eh bien, en réalité, c'est elle qui n'a pas attendu. Elle prétendait vouloir se garder "pure", et puis, dès que j'ai eu le dos tourné… Elle paraissait toujours si heureuse de me voir. Elle me répétait sans cesse qu'elle était bien avec moi et lorsque, le soir, avant de nous quitter, elle approchait son visage du mien, je sentais une telle ardeur dans son regard… J'étais bien loin de me douter qu'elle allait en rejoindre un autre et qu'avec lui ses effusions ne s'arrêteraient pas à un chaste baiser sur la joue. »

Ils sont arrivés devant Golosi, une pizzeria de la 2e Avenue. Sentant peut-être une hésitation dans le regard de la dame, Rick déclare : « Croyez-moi, ce sont les meilleures pizzas de Manhattan. Pour trouver mieux, il faut aller jusqu'à Milan. » Il l'entraîne vers l'escalier qui mène à une étroite mezzanine, du haut de laquelle ils peuvent observer à loisir les cuisiniers qui font tourner la pâte sur leurs poings. Ils s'assoient et la serveuse prend leur commande.

Le regard fixé sur son verre d'eau, Rick jette de temps à autre un coup d'œil furtif vers la dame. « Je me suis laissé berner…

— Comment l'avez-vous su ?

— Elle ne m'a rien dit. C'est un ami – ou plutôt quelqu'un qui prétendait l'être – qui m'a ouvert les yeux. Innocemment, feignant de prendre ma défense et de sympathiser avec moi, il m'a demandé un jour : "Dis-moi, Rick, ça ne te dérange pas que Christelle sorte avec cet abruti de Fred Blackburn?" Je ne lui ai jamais pardonné le plaisir qu'il a pris à me révéler la vérité.

— Alors… C'est vous qui l'avez quittée?

— Oui. Elle a été surprise, je crois. Mais elle n'a fait aucun effort pour me retenir. Elle était trop fière… Je ne pense même pas qu'elle a eu du chagrin… »

La dame scrute le visage de l'artiste. Elle cherche son regard, son regard qui fuit toujours.

« Mais… pourquoi ne m'avez-vous pas dit la vérité la première fois? Pourquoi m'avez-vous fait croire que c'est vous qui aviez été infidèle?

— Ne m'en veuillez pas… Je n'avais pas envie de faire figure de victime. Me donner le beau rôle, ç'aurait été trop facile. Ce n'est pas comme si je m'étais toujours comporté de manière irréprochable. Et puis… »

La voix de Rick, déjà grave, descend d'une autre octave.

« Et puis, je ne sais pas… Je voulais peut-être aussi préserver ce qui, brièvement, nous avait unis. Passer sous silence la manière dont notre amour s'était terminé, c'était créer l'illusion qu'il subsistait encore.

— Vous n'avez jamais cherché à la revoir?

— Non. J'ai appris par la suite qu'elle avait épousé un riche marchand d'art et qu'elle vivait à Londres. Je dois bien me rendre à l'évidence : à une époque, nous avons peut-être été très liés, mais nous avons très peu de souvenirs en commun. Même la mémoire nous divise… Si je revoyais Christelle aujourd'hui, je n'aurais probablement rien à lui dire. Je ne sais même pas si je la reconnaîtrais. Pas simplement parce qu'on change beaucoup en trente ans, mais parce que je ne sais plus voir comme je voyais alors. Ce n'est pas celle que j'aimais qui a disparu, c'est mon regard. »

30

La dame se souvient rarement de ses rêves. Par distraction, peut-être? Ou bien parce que, à son insu, une force intérieure les étouffe, cherchant à la protéger de leur violence? Ce matin, pourtant, le songe a défié sa vigilance et elle s'est réveillée tout en sueur, glacée d'effroi, les muscles endoloris. Longtemps après, les relents du rêve ont continué d'imprégner son regard, l'embuant d'une teinte irréelle, comme lorsque, après une longue journée passée à la plage, les effluves de la mer nous accompagnent jusque dans notre lit.

Elle est assise, seule, dans son carrosse. En tenue d'apparat – longue robe de taffetas pourpre, gants de soie, collier de perles et boucles d'oreilles assorties –, elle a peine à bouger. Tout au plus arrive-t-elle à remuer la main pour saluer la foule qui l'acclame. Arrivée au palais, un majordome en livrée rouge ouvre la portière et l'aide à descendre. Lentement, soulevant tant bien que mal la traîne de sa robe, elle monte les marches menant au parvis. Au sommet, dernier salut à la foule avant de pénétrer dans un long couloir obscur. Des flambeaux accrochés aux murs jettent sur son passage des ombres menaçantes. Elle parvient dans une salle immense aux murs lambrissés, illuminée par des lustres étincelants, dans laquelle se presse une foule bigarrée. Les murs de la pièce sont décorés de tableaux – des scènes mythologiques dont elle ne comprend pas le sens – et à travers les vitraux perce une lumière aveuglante, multicolore. Au fond, des marches garnies d'un tapis écarlate mènent à une estrade sur laquelle est disposé un chevalet recouvert d'un drap blanc.

Dès qu'ils l'aperçoivent, les invités gardent le silence et s'écartent pour lui livrer passage. Arrivée au sommet des marches, la dame se place devant le chevalet et se retourne. Mille regards sont fixés sur elle, surveillant ses moindres gestes. Cette foule d'admirateurs attend avidement le clou du spectacle : le dévoilement du nouveau portrait de la reine. Mais où est donc l'artiste ? N'est-ce pas à lui qu'incombe la tâche de tirer sur le cordon pour faire tomber le drap et révéler son œuvre ? La dame scrute la masse des invités qui se pressent autour de l'estrade. Peut-être Rick est-il trop timide ? Peut-être se cache-t-il dans un coin, à l'ombre d'une colonne ? La dame tourne la tête de tous les côtés, elle se hisse sur la pointe des pieds à la recherche du peintre. En vain. L'artiste refuse de se montrer.

Un murmure d'impatience s'élève peu à peu de l'assemblée. C'est une rumeur qui commence en rasemottes, puis gagne en confiance, se propage partout dans la salle, une vague qui enfle et gronde et noie tous les bruits. La dame se retourne de nouveau vers la foule. Ce qu'elle voit maintenant, ce ne sont plus les regards bienveillants de tout à l'heure, mais les expressions indignées de ces bonnes gens qui se sont déplacés pour rendre hommage au nouveau portrait, et qu'on fait attendre inconsidérément. Elle a peur. Qui sait de quoi est capable cette masse de sujets soi-disant dévoués? Il faut leur donner satisfaction, il faut leur montrer ce qu'ils sont venus voir, sinon les conséquences pourraient être désastreuses.

La reine jette un dernier regard vers la porte, au fond de la salle. Peut-être le peintre finira-t-il par venir la délivrer? « Rick, pourquoi n'es-tu pas là? » Mais la porte demeure résolument fermée, indifférente à sa frayeur. Elle n'a pas le choix. Elle s'approche du chevalet où est posé le tableau, s'empare du cordon et tire d'un coup sec pour révéler le portrait. Aussitôt, une exclamation étouffée parcourt l'assemblée. La dame elle-même ne peut retenir un cri de stupéfaction : la ressemblance est saisissante. Les couleurs sont si éclatantes, le coup de pinceau si précis, elle n'a jamais vu de portrait plus rayonnant. L'image de la reine lui paraît plus présente qu'elle-même, plus mouvante, plus palpable. Elle semble même – non, c'est impossible! –, elle semble répondre à ses mouvements, comme un miroir.

La dame, saisie de stupeur, lance vers le portrait des regards effarés. Peu à peu, un sentiment terrifiant se fait jour en elle : c'est la reine qui l'observe! La dame fait un pas vers le tableau, approche la main de son visage, écarquille un peu plus les yeux, mais ces gestes, c'est la reine qui les ordonne. La dame n'est plus maîtresse de ses mouvements, elle obéit à l'image du monarque, elle se soumet aux commandements muets de ce visage impérieux. En vain, elle tente de résister. Elle voudrait reprendre possession de son corps. Elle refuse de se laisser entraîner. Mais la reine approche et elle doit approcher avec elle. La reine sourit – elle aussi doit sourire. Contre sa volonté, elle mime la progression du monarque qui se tourne vers le peuple et lève sa main gantée pour le saluer et le remercier de sa fidélité. Un pas, encore un autre, la dame et la reine se touchent presque… Elle se sent maintenant faiblir. Bientôt, elle renoncera, elle abandonnera son corps aux désirs de l'étrangère, il ne restera d'elle qu'une apparition, un souvenir qui s'efface, un reflet évanescent.

C'est à ce moment que la dame se réveille, abattue, épuisée, encore exilée dans la prison du rêve. Et lorsque, enfin, elle parvient à se lever de son lit et à se traîner dans la salle de bains, le visage qu'elle aperçoit dans le miroir lui semble être celui d'une autre, venu des tréfonds de la nuit pour lui rappeler qu'elle a renoncé à ses droits, que sa destinée ne lui appartient plus.

31

« Le portrait sera bientôt terminé. » Ces mots, la dame les a longtemps redoutés.

La nuit tombe à Central Park. Mais dans le ciel, la lueur bleutée du jour continue de répandre son ombre, comme une douleur lancinante que n'efface pas entièrement l'arrivée du sommeil. Rick et la dame redescendent Cedar Hill vers la 72e Rue. Rick ajoute : « Encore deux ou trois séances, peut-être… J'espère que vous serez contente du résultat. »

La dame ne répond pas. Et ensuite, que se passera-t-il ? Il lui dévoilera le portrait. Ce dernier lui ressemblera… ou bien ne lui ressemblera pas du tout, peu importe. Elle le remerciera, l'emportera chez elle, le rangera au fond d'un placard. Et après ? Quelles raisons auront-ils de se revoir ? Elle pourra, tout au plus, faire un tour, tous les six mois, au Nations Diner de la 1re Avenue. Ils seront heureux de se retrouver, Rick l'invitera à prendre un café avec lui, et puis… Et puis, rien. Rick n'osera sûrement pas lui demander de venir plus souvent et elle dérogerait à ses obligations et à son rang si elle proposait des rencontres plus fréquentes.

Ces quelques mois n'auront été qu'un bref divertissement. Bientôt, elle retournera à son existence, dont le rythme paisible et régulier aura tôt fait de refouler le souvenir de la reine, de ses palais et de ses voyages en terres lointaines. Scarpetta lui en voudra un peu au début de l'avoir délaissé, mais ils se réconcilieront vite, elle en est sûre. Les rituels du quotidien – les promenades au bord de l'East River, les soldes chez Bloomingdale's et les conversations hebdomadaires avec sa coiffeuse – reprendront le dessus. Elle empruntera un ton enjoué en saluant le portier de l'immeuble, éclatera d'un faux rire lorsqu'il lui racontera les frasques de sa petite-fille, se réjouira d'apprendre que le fils de sa pharmacienne a été accepté à Columbia, et lorsque le soir, lovée dans sa couette, la tête appuyée sur un complexe échafaudage d'oreillers, elle reprendra la lecture des aventures de Kay Scarpetta, une seule question occupera son esprit : qui donc est le meurtrier qui laisse de mystérieuses fibres de tissu orange sur son passage et qui a l'audace de menacer le fameux médecin légiste elle-même ?

Au loin, on aperçoit les façades éclairées de la 5e Avenue. Leur promenade s'achève. Dans la pénombre, le visage de Rick paraît plus grave que d'habitude. Son nez fort, ses sourcils touffus, son menton prononcé contrastent avec la douceur de son sourire dont l'expression d'impuissance semble vouloir dire : « Hélas, je n'y peux rien. » Bientôt, lui aussi retrouvera sa routine. Pendant quelques mois encore, le bonheur d'avoir rencontré la reine, de lui avoir parlé, d'avoir peint son portrait comblera le silence de ses pensées. Et puis, peu à peu, le souvenir s'effacera. Il lui faudra une autre idée fixe, une nouvelle invention à laquelle arrimer son imagination fiévreuse. Qui sera sa prochaine lubie ? Barbra Streisand ? Whoopi Goldberg ? Ou bien – pourquoi pas ? – la reine Cléopâtre elle-même, réincarnée en une charmante caissière de 7-Eleven ? Élisabeth II, quant à elle, sera mise aux oubliettes, un souvenir qui ne manquera pas de l'attendrir, mais qui refera surface de plus en plus rarement, à l'occasion…

Soudain, la dame glisse sur le sentier humide. Rick la rattrape juste à temps, elle s'appuie sur son bras et retrouve son équilibre. Lorsqu'elle tourne la tête vers l'artiste, ce dernier a toujours le regard fixé au loin, sur l'enfilade de lampadaires qui fuit vers le cœur de la ville. La main de Rick, cependant, est demeurée refermée sur la sienne. La paume moite de l'artiste se presse contre sa peau, ses doigts maintiennent leur emprise, juste assez fort pour la retenir.

On n'entend plus que le vent et la rumeur des voitures. Leurs pas se sont ralentis, comme si leurs mains unies avaient introduit le doute dans leurs moindres gestes, rendant leur marche elle-même plus hésitante. L'étreinte se relâche insensiblement, mais la dame n'ose pas être la première à retirer sa main. Rick ne dirait rien, mais il serait blessé, sûrement. Ce serait comme lui dire : « Laissez-moi… vous êtes bien gentil, mais au fond, je n'ai pas besoin de vous. »

Ils sont arrivés à la 66e Rue. C'est là que, d'habitude, ils se séparent. Rick se retourne vers la dame. Dans la pénombre, elle devine les traits anguleux de son visage, son front raviné de rides, son sourire retenu. La main de Rick n'a toujours pas lâché prise.

Elle regarde l'artiste dans les yeux. Son visage semble se rapprocher du sien. Très doucement, comme s'il cherchait à en freiner le mouvement. La dame sent ses paupières se refermer. Elle est sur le point de céder. Mais si elle se laisse aller maintenant, elle ne pourra plus faire marche arrière. Elle sera reine, pour toujours prisonnière de son image. C'est maintenant ou jamais… Il faut tout lui dire… Après, il sera trop tard… Il comprendra… Il faut qu'il comprenne.

La dame pose sa main libre sur l'épaule de Rick. Pour le repousser, mais aussi pour le retenir.

« Attendez… »

Elle baisse les yeux. Elle ne peut plus soutenir son regard.

« Vous savez… Avant d'aller plus loin… »

Les doigts de Rick, lentement, se desserrent.

« Je ne vous ai pas dit la vérité… Vous ne savez rien de moi… »

Dans l'obscurité, elle ne voit plus son sourire.

« Je ne suis pas celle que vous pensez… »

La main de Rick se détache.

« Je ne suis pas… »

L'artiste baisse la tête.

« La reine. »

L'homme recule d'un pas, puis demeure longtemps immobile. La dame l'observe, les bras ballants. Elle respire péniblement, comme après un long effort.

Elle voudrait qu'il lui réponde, qu'il proteste, qu'il s'indigne, qu'il lui hurle sa colère.

Lorsque Rick lève enfin les yeux vers elle, la dame est étonnée de le voir sourire. Mais son expression est dénuée de chaleur. C'est un sourire figé, le sourire de celui qu'on a abandonné, qui n'a plus d'autre choix que de tirer sa révérence.

La dame voudrait le retenir. Il ne faut pas qu'ils se séparent comme ça.

« La semaine prochaine. Samedi. Au Nations Diner. Vous y serez ? Nous parlerons… Je vous expliquerai.

— Bien sûr, répond Rick d'une voix grave, tout en reculant encore de quelques pas.

— Vous me promettez que vous serez là ? Au Nations Diner. Samedi matin. Entendu ?

— Entendu. J'y serai, répète l'artiste.

— Vous ne me ferez pas faux bond ? insiste la dame, la gorge serrée.

— Je serai là », reprend Rick du même ton.

La dame regarde l'homme s'éloigner. Bientôt, il n'est plus qu'une tache sombre qu'engloutissent peu à peu les lumières de la ville. Mais sa voix résonne encore en elle. Il est toujours présent. Si présent qu'elle pressent à peine l'immensité de ce qu'elle a perdu.

32

Les jours suivants, la dame est emportée dans un tourbillon de questions. Viendra-t-il ? Tiendra-t-il sa promesse ? Ai-je commis une erreur ? Aurais-je dû me taire, continuer de jouer la comédie, sous prétexte de ne pas le blesser ? Acceptera-t-il de se rendre à l'évidence ? Se résignera-t-il à me voir telle que je suis ?

Pour se changer les idées, elle entreprend mille tâches qu'elle laisse en plan, incapable de se souvenir pourquoi elle les a commencées. Elle vide les tiroirs de la cuisine, déterminée à en extirper jusqu'au moindre grain de poussière. Mais après une demi-heure de nettoyage minutieux, elle renonce, se souvenant qu'elle s'était juré de mettre de l'ordre dans le placard de sa chambre. Elle étend tous ses vêtements sur son lit, résolue à en faire le tri, mais se décourage vite et s'attaque alors à la salle de bains. Après vingt minutes passées à jeter de vieux échantillons de parfums et des boîtes de médicaments périmés, elle abandonne de nouveau la partie. Scarpetta, excité par ce fascinant remue-ménage, trotte d'une pièce à l'autre, tordant le cou à une bouteille de shampoing, écumant contre un tube de dentifrice. Bientôt, pourtant, il s'épuise, lui aussi, et rejoint sa maîtresse, affalée dans le fauteuil du salon. Assis sur ses pattes de derrière, les oreilles dressées, il la contemple d'un air perplexe.

La dame ne semble pas avoir remarqué sa présence. Aussitôt qu'elle ferme les yeux, elle revoit la silhouette de Rick, son regard éperdu, le regard d'un homme qu'on a trahi et qui s'attendait à l'être. Dès qu'elle les rouvre, elle entend sa voix enrouée, répétant sans conviction : « Je serai là. » Lorsqu'ils se reverront, samedi, elle lui expliquera. Elle lui dira : « Mettez-vous à ma place. Vous étiez si convaincant. Je n'ai pas osé vous contredire. Ça semblait vous faire si plaisir de croire que j'étais la reine. J'ai joué le jeu. J'ai eu tort, je sais. Mais je n'ai pas agi par malice. Très vite, je me suis sentie prisonnière. Jouer la comédie, vous savez, ce n'est pas mon genre. J'aurais voulu être franche avec vous. À plusieurs reprises, j'ai tenté de mettre fin à ce jeu ridicule. Mais je n'en ai pas eu le courage. Chaque fois que nous nous rencontrions, vous paraissiez si joyeux… Je redoutais votre réaction lorsque vous apprendriez la vérité. Alors, par lâcheté, j'ai préféré me taire. Et puis, j'ai aussi fait preuve d'égoïsme. Comment vous dire… Je voulais continuer de vous voir… Vous comprenez ? »

Voilà plus d'une heure que la dame est assise à la table habituelle de Rick, au Nations Diner de la 1re Avenue. Deux fois déjà, le serveur, un jeune homme trapu et impatient, lui a demandé si elle était prête à commander. Elle a commis l'erreur de lui dire qu'elle attendait quelqu'un. Maintenant, le serveur, lui aussi, saura que Rick n'est pas venu. Lorsqu'elle se lèvera enfin pour partir, il posera sur elle un regard faussement compatissant et lui adressera un sourire triste en acceptant son pourboire.

La dame surveille la porte vitrée du *diner,* au coin de la 48e Rue. Un chapeau gris ressemblant à celui que porte Rick lui fait dresser la tête. Fausse alarme. Un sexagénaire au visage émacié regarde autour de lui d'un air égaré – autre espoir déçu. Elle finit par commander une tisane. Scarpetta, assis à côté d'elle sur la banquette en similicuir rouge, pose sa tête sur sa cuisse et se laisse caresser les oreilles. S'il était un chat, il ronronnerait.

La dame se dit que Rick a dû avoir un empêchement. Mais dans ce cas, il aurait sûrement téléphoné au *diner* pour qu'on lui transmette le message. Peut-être a-t-il eu un accident ? Il est si distrait… En traversant la rue, il aura pu se faire renverser par une voiture ? Peut-être… mais c'est peu probable.

Elle revoit défiler le scénario de leur dernière rencontre. Le visage défait de l'artiste, son expression d'impuissance, comme s'il avait été lui-même la cause de cette débâcle. Elle se souvient de son empressement à la rassurer : « Bien sûr, je serai là. » Mais il suffisait de le regarder dans les yeux pour comprendre qu'il avait déjà pris sa décision. Le voile s'était déchiré. Il ne viendrait pas.

34

La semaine suivante, la dame retourne au Nations Diner. Cette fois-ci, elle n'entre pas. Elle s'attarde quelques minutes à l'extérieur, tourne le coin de la rue, jette un coup d'œil à travers la fenêtre, puis continue sa promenade.

Que lui arrive-t-il ? Est-il possible qu'elle soit vraiment attachée à cet homme, ce soi-disant artiste dont elle ne sait, tout compte fait, que si peu de choses ? Ce guignol à l'imagination débridée, ce demi-peintre qui n'a peut-être aucun talent, qu'est-il donc pour elle ? Éprouve-t-elle pour lui autre chose que de la compassion ? Mais dans ce cas, qu'est-ce que ça peut bien faire qu'il ait disparu ? Il ne veut plus la voir ? Il est vexé qu'elle ait décidé d'abandonner son rôle ? Et alors ? C'est son droit, non ? Elle ne lui doit rien, après tout.

Tu es ridicule, se dit-elle. Tu agis comme une femme qu'on vient de quitter. Mais elle n'y peut rien. Elle se promène sans but dans la ville, et ses pas la guident, malgré elle, vers Central Park. Elle fait le tour de Cedar Hill, passe devant Golosi, retourne à la Sony Plaza, dans l'avenue Madison. Espère-t-elle donc le revoir ? Elle aboutit au MoMA, et là, plantée devant la gravure de Lucian Freud, les souvenirs affluent : la silhouette dégingandée de Rick l'entraînant d'une salle à l'autre, ses évocations enthousiastes de la période bleue de Picasso, le ton mélancolique, un peu plaintif qu'il empruntait pour lui confier ses déboires amoureux, ses gestes cérémonieux lorsqu'il l'invitait à passer devant lui à l'entrée d'un café.

La dame regrette son aveu. Peut-être a-t-elle été trop brutale ? L'homme est fragile, c'est évident. Elle aurait dû le ménager.

Mais elle ne peut s'empêcher de lui en vouloir. Après tout, c'est lui qui l'a embarquée dans cette histoire abracadabrante. C'est lui qui l'a attirée dans son univers de faux-semblants. Et maintenant, sous prétexte qu'elle refuse de se prêter à cette comédie, voilà qu'il la laisse en plan. En fait, c'est Rick, l'égoïste. Il se comporte comme un enfant gâté. Pour satisfaire son caprice, il aurait fallu qu'elle continue de vivre enfermée, confinée dans la peau d'une autre, contrainte à rabâcher les mêmes idées, obligée de penser, à tout bout de champ : que ferait la reine à ma place ? Mais surtout, la dame en veut à Rick parce que, malgré ses efforts, elle sait qu'il lui faudra plusieurs mois, plusieurs années, peut-être, pour arriver à l'oublier.

35

Assise sur un banc au bord du grand étang de Central Park, la dame referme le roman de Patricia Cornwell. Un vide immense s'est ouvert en elle. Tout est clair. Tout est dit. Le « quand », le « qui », le « comment », le « pourquoi » du crime. Il ne lui reste plus qu'à se soumettre aux explications de l'auteur, elle qui s'était pourtant livrée à des spéculations plutôt fertiles : l'assassin ne serait-il pas le fils illégitime de l'écrivaine et de son mentor, ou bien l'enfant caché, dont la mère avait eu une relation incestueuse avec son frère, ou bien encore ce jeune homme mystérieux, grand et blond, dont le père était sénateur ? Les personnages du roman, elle les a sentis tout près d'elle, elle les a investis de ses propres idées, de ses propres souvenirs, de ses hypothèses les plus fantasques. Quelle déception, alors, d'apprendre, à la fin du livre, que le meurtrier n'est autre qu'un psychotique quelconque travaillant dans un aéroport et devenu obsédé par l'écrivaine, rencontrée par hasard dans un garage. Qu'est-ce qui demeure, une fois le mystère éclairci ? Rien qu'une vérité toute simple, banale, sans conséquence, et le sentiment d'avoir été volée de cette part d'elle-même qui vivait dans le livre. Tout savoir, pour un lecteur, c'est ne plus exister.

*　*　*

Ce ne sont pas uniquement nos propres rêves, ce sont aussi ceux des autres qui nous aident à persévérer. D'abord parce que, ne venant pas de nous, ils sont plus tangibles et moins capricieux que ceux que nous manufacturons dans notre solitude. Mais surtout parce que, pour peu que nous acceptions de suivre les chemins qu'ils dessinent pour nous, ils se font bientôt les reflets de paysages, de transformations, de devenirs que nous abritions en nous, insoupçonnés, et que, sans leur vigilance et leur regard insoumis, nous n'aurions jamais crus possibles.

Rick l'a imaginée reine. Il lui a prêté une double vie : d'un côté, les palais et les défilés ; de l'autre, les escapades new-yorkaises. Elle aurait pu s'ouvrir entièrement, lui confier les détails de son passé, lui décrire son quotidien. Mais tout compte fait, qu'est-ce que ça aurait changé, puisqu'il était incapable de connaître d'elle autre chose que ce qu'il avait lui-même inventé ? Peut-être aurait-elle dû accepter que le regard de Rick ne la réconcilierait jamais avec elle-même ? Peut-être, si elle l'avait mieux compris, aurait-il pu révéler ce qu'elle n'avait jamais perçu, ce que seul Rick, ignorant tout d'elle, aurait pu faire apparaître ?

36

Six mois ont passé. La dame a retrouvé sa routine – ses promenades avec Scarpetta, ses soirées au cinéma, ses visites bénévoles à la maison de retraite de Flushing.

De temps à autre, il lui arrive encore de penser à Rick, mais elle n'espère plus le revoir. Il est allé rejoindre les autres souvenirs qui jonchent son passé, ces histoires inachevées, ébauches de bonheur abandonnées en cours de route – par lâcheté, peut-être, mais aussi par désir de laisser sa vie en friche, ouverte à de nouveaux commencements.

La dame n'espère plus revoir Rick, mais elle retourne, instinctivement, sur les lieux qu'ils ont fréquentés. Aujourd'hui, elle est assise sur un banc, au pied de Cedar Hill. À travers les branches des sycomores couvertes de bourgeons percent quelques rayons encore engourdis de froid. Le printemps tarde à venir, cette année.

Elle tient entre ses mains la dernière aventure de Kay Scarpetta. Elle sait qu'elle sera déçue, mais, contre tout espoir, elle s'obstine à poursuivre sa lecture, en se disant que cette fois-ci peut-être, une parcelle de mystère demeurera.

Soudain, Scarpetta se met à aboyer.

Une ombre s'approche. Elle lève les yeux. C'est Rick. Le teint pâle, les cheveux ébouriffés, son paletot trop grand rasant le sol, il paraît un peu vieilli. Il lui sourit de son même sourire douloureux.

La dame se lève, tend maladroitement la main vers Rick, puis la retire. Finalement, c'est lui qui brise le silence.

« Je suis content de vous voir.

— Moi aussi, répond la dame d'une voix plus chaude qu'autrefois.

— Je regrette… J'étais parti en voyage…

— Ça n'a pas d'importance, j'étais très occupée, moi aussi.

— Vous venez encore parfois à New York ?

— Oui. Quand j'en ai le temps. »

Nouveau silence. Rick tourne la tête de droite à gauche, fouille dans les multiples poches de son manteau, cherche à se donner une contenance.

« Et… mon portrait ? Vous l'avez terminé ? demande la dame.

— Non, répond Rick d'un air coupable.

— Vous n'avez pas envie de le finir ?

— Si, mais… De mémoire, c'est un peu difficile…

— Je suis libre la semaine prochaine, si vous voulez…

— La semaine prochaine… bien sûr… la semaine prochaine… Ici ?

— Oui, ici.

— Même heure ?

— Même heure. »

Rick la dévisage, radieux.

« Deux ou trois séances, tout au plus, et le portrait sera terminé, c'est promis, la rassure-t-il.

— Ne vous en faites pas, j'ai tout mon temps.

— J'espère qu'il vous plaira, dit Rick d'un air songeur.

— On verra bien…

— Si vous le trouvez réussi, qu'en ferez-vous ?

— Je ne sais pas, je l'accrocherai chez moi, sûrement.

— Dans votre palais, à Londres ? demande Rick, une pointe d'ironie dans le regard.

— Euh… Oui… Bien sûr. »

Rick lui paraît sincère. Et pourtant… Que se cache-t-il derrière ce sourire complice ? Se peut-il que l'homme soit si naïf ? Ce jeu étrange, y croit-il vraiment ?

Et puis, peu importe, après tout. La dame en a fini avec les questions. Entraînée par l'enjouement de son compagnon, elle ajoute :

« D'ailleurs, pourquoi ne viendriez-vous pas à Londres pour le voir ? »

C̲rédits et remerciements

Les Éditions du Boréal reconnaissent l'aide financière du gouvernement
du Canada par l'entremise du Fonds du livre du Canada (FLC) pour
leurs activités d'édition et remercient le Conseil des arts du Canada
pour son soutien financier.

Les Éditions du Boréal sont inscrites au Programme d'aide
aux entreprises du livre et de l'édition spécialisée de la SODEC
et bénéficient du programme de crédit d'impôt pour l'édition de livres
du gouvernement du Québec.

Couverture : Loui Jover, *she waited in powder blue and roses*

Ce livre a été imprimé sur du papier 100 % postconsommation,
traité sans chlore, certifié ÉcoLogo
et fabriqué dans une usine fonctionnant au biogaz.

MISE EN PAGES ET TYPOGRAPHIE :
LES ÉDITIONS DU BORÉAL

ACHEVÉ D'IMPRIMER EN SEPTEMBRE 2013
SUR LES PRESSES DE MARQUIS IMPRIMEUR
À MONTMAGNY (QUÉBEC).